Les sentiments

Du même auteur
aux Éditions J'ai lu

LE TÉMOIN
N° 9337

Agnès
MICHAUX

Les sentiments

ROMAN

Aux Adorables qui supportent les nuits trop blanches
et les matins blêmes.

Oh, great creator of being
Grant us one more hour
To perform our art
And perfect our lives.

Jim MORRISON, *The Ghost Song*.

1
Le bonheur

Elle était assise au bord du lit, le cul à l'air et les seins nus sous une chemise blanche qui avait passé la nuit en boule. Elle souriait en regardant en direction de la fenêtre. C'était le grand flot, la crue ravageuse. Le bonheur.

Elle avait peu dormi. Mais cela n'avait aucune importance. Ce *peu* qui n'avait pas eu besoin de cachets était miraculeux.

Elle savait que Cukor aurait son mauvais air, qu'il penserait : « Tu ne paies pas de mine, vraiment… » Non, aucune importance. La vie scintillait comme une guirlande de Noël. La réalité venait de changer de parfum et elle trouvait que l'air sentait rudement bon. Dans son dos, il dormait encore. Son bonheur. Virilement posé sur les plis du drap.

Oui, Cukor aurait son mauvais air. Mais il comprendrait. Il comprenait tout, même quand il l'avait un peu mauvaise. Il aimait les actrices, disait-on. Elle était son actrice. Et même les jours de ravage, le business finissait toujours par tourner. La blonde était parfois insupportable mais elle imprimait la pellicule avec une évidence désespérante. Il savait s'en tenir à cela, le vieux réalisateur.

Elle se leva. Elle voulait lui préparer un bon café. Comme une vraie femme. Elle longea le lit sur la pointe des pieds. Quand elle passa à sa hauteur, l'endormi lui donna une tape amoureuse sur les fesses. Elle se retourna. Ils se regardèrent. Elle le trouva beau. Il la trouva ravissante avec ses joues qui rosissaient. Ils scellèrent le début de ce nouveau jour en échangeant un sourire. Puis elle reprit son chemin vers la cuisine avec un balancement de hanches de serveuse de rade pour chauffeurs routiers et bouseux multicartes. Irrésistible. Elle sentait les yeux de l'amant appuyés sur les deux fossettes qui attisaient le feu sensuel au creux de ses reins. Elle se baissa pour attraper un jean qui traînait sur la moquette, au seuil de la chambre, et disparut dans le couloir.

Elle réapparut avec un plateau qu'elle posa un peu maladroitement sur le lit. Le café vacilla dans la tasse et tacha les draps. Elle porta les doigts à sa bouche comme une petite fille qui s'excuse d'avoir fait une bêtise. Lui, caressait du regard ses cernes roses, le bleu limpide de ses grands yeux nus, ses lèvres encore gonflées des baisers de la nuit.

— Viens…

Elle monta sur le lit et le café vacilla encore une fois.

— Tu n'en prends pas ?

— Oh, non, je ne bois jamais de café… et ne t'inquiète pas, j'ai commandé à manger.

Il n'aimait pas vraiment le café de ce côté-ci de l'Atlantique, mais celui-là, il savait déjà qu'il le boirait avec plaisir, avec tendresse, avec amour.

— Il fallait bien que ça arrive...

Il avait cherché ses mots. Son mauvais anglais le mortifiait, elle, le trouvait adorable. Il avait dit ça sans regret. Sans inquiétude. Lui aussi avait eu le réveil heureux.

Elle pencha légèrement la tête en se tapotant les lèvres, puis s'appliqua à parler doucement pour qu'il comprenne tout ce qu'elle lui disait.

— Non, il ne fallait pas... Mais c'est arrivé... Toi... Je sais que tu sais...

Il plissa les yeux comme s'il regardait le soleil en face. Elle faisait une jolie moue en replaçant la mèche blonde qui lui tombait sans cesse au milieu du front.

— Tu te souviens, la première fois ?

— Oui...

Il tendit la main pour lui caresser la joue. Elle s'approcha.

— Ce soir-là, à Broadway... J'étais si heureuse tout à coup... Puis ce dîner tous ensemble, je ne sais pas... C'était...

Elle s'interrompit, un bras en l'air et la main dans les cheveux, avec sa petite moue oscillant entre bouderie et réflexion.

— ... Oui, des heures qui m'ont fait oublier qu'à ce moment de ma vie, je pleurais tous les jours...

Elle eut cette légère inflexion dans la voix, ce pli presque imperceptible de son cœur qui lui donnait envie de l'attraper par les cheveux, là, tout de suite, et de rouler avec elle sur la moquette de la chambre, en commettant les saloperies les plus douces.

Puis, dans l'instant, elle éclata de rire.

— C'est loin, maintenant...

— Pas si loin, tu sais... Sept mois seulement.

— Oh, si, c'est loin ! Une autre époque ! Une autre vie ! Et tu vois, dans celle-ci, je ne pleure plus, je suis heureuse...

Il but une nouvelle gorgée de café et elle se mit de nouveau à rire. Il s'étonna.

— Qu'est-ce que tu trouves si drôle ?

— Je repense à ce jour-là...

— La trouille de ma vie, ce show à Broadway...

— Tu te souviens, pendant ton spectacle ? Pas le premier soir, non, le deuxième...

— C'est vrai que tu es venue les deux premiers soirs... Avec Montgomery Cliff à la première puis, le lendemain, avec...

— Oui... ce fameux deuxième soir où je suis venue avec Arthur... Quelle rigolade !

— Le coup de la braguette ?

— Oui, la braguette lumineuse ! Ah ! ah ! ah ! C'était irrésistible ! Ce fou rire que nous avons eu !

— J'avoue que j'ai beaucoup moins ri que vous... La salle qui s'esclaffait, cela m'a un peu déstabilisé... Parce que, tu sais, je ne comprenais pas du tout pourquoi...

Oui, il se souvenait des boutons de sa braguette qui attrapaient la lumière des projecteurs à chaque fois qu'il mettait les mains dans ses poches, enfin, il se souvenait de ces amis morts de rire lui expliquant, après le spectacle, la raison des gloussements qui avaient fusé dans la salle.

Elle ressentait comme si c'était hier le charme de ce moment-là, de cette première fois où elle l'avait vu, l'homme qui chantait si bien avec son corps.

— C'était tellement drôle !

— Oui, finalement...

Il la prit dans ses bras et elle éclata vraiment de rire, un rire sorti du fond d'elle-même et qu'elle semblait lancer vers le ciel en signe de gratitude.

Des pans entiers de son passé étaient en train de fondre en elle, comme un métal cherchant une nouvelle forme. C'était le signe. Elle savait. Le passé se refaçonnait en courbes douces. Ils allaient s'aimer longtemps. Elle l'avait aimé dès le premier regard. Et elle soupçonnait Arthur de l'avoir vu avant eux. Arthur, qui n'était pas resté, qui avait trouvé un prétexte pour les laisser seuls tous les deux. Arthur qui avait vu la porte s'ouvrir pour eux tandis que, pour lui, elle se refermait. Sans qu'il puisse espérer en retrouver jamais la clef. Pour toujours. Mais il ne voulait pas encore y croire tout à fait.

Le room service frappa poliment à la porte du bungalow. Le petit déjeuner qu'elle avait commandé attendait derrière la porte sur un grand plateau. Des œufs, des saucisses, du fromage blanc, du jus de fruit, une énorme thermos de café et un verre de lait, pour elle. Elle tira le plateau à l'intérieur et revint vers son amour en chantonnant un air du film qu'ils tournaient ensemble.

You'll just love my embraces cause
they'll fit like a glove...
We could get down to cases, maybe...
Kiss me, baby...
Let's make love... Let's make love...

Elle continuait de chanter cet air sensuellement drôle en lui beurrant un toast. Il chanta avec elle. Comme une jolie répétition sans trac. Le parfait état d'esprit de la scène. Cukor aurait été content d'eux.

Elle beurrait les toasts avec l'application d'une petite fille qui nourrit sa poupée en se prenant pour une parfaite maman. Le swing du couteau se répétait sur ses seins qui balançaient en frottant contre le coton blanc de la chemise. Elle lui tendit un toast beurré avec un air de fierté enfantine.

— Merci...

Il avait faim.

Pendant des années, il s'était bien tenu. Il ne savait pas pourquoi, parce qu'après tout, ce n'était pas vraiment son genre. Il aimait les femmes et plaire le rassurait. Mais il s'était tenu. Il aimait sa femme, sans doute était-ce aussi simple que cela. Seulement, voilà. Un feu s'était allumé en lui, entre eux, pour elle, la ravissante, l'irrésistible qui lui beurrait ses tartines, entre cette gaîté et cette angoisse qu'ils partageaient si intimement. Entre la vulnérabilité et la lucidité qu'ils se reconnaissaient mutuellement sans avoir besoin d'en parler. Lui et elle n'étaient dupes de rien et travaillaient comme des dingues. Lui et elle avaient voulu transformer leur enfance. Arriver.

Perdu un instant dans ses pensées d'homme adultère, il n'avait pas vu qu'elle s'était mise debout sur le lit. Il leva la tête.

Elle déboutonna son jean, se dandina pour le faire tomber jusqu'à ses pieds et le balança en le faisant tournoyer à l'autre bout de la chambre. Puis ce fut au tour de la chemise de rejoindre le fouillis ambiant. À l'évidence, l'ordre était moins son truc que la nudité, pensa-t-il. Il ne la quittait plus des yeux en mâchonnant son toast, une tranche épaisse et moelleuse au goût légèrement sucré qui fondait sur la langue.

Il la trouvait formidablement saine, belle, désirable. Elle avait ce charisme rayonnant, cette chaleur irradiante qu'elle offrait à tous et que tous recevaient parce que ce n'était pas du flan, pas du cinoche, c'était elle.

— Tu me passes mon verre de lait ?

Elle le but d'une traite, debout, en balançant légèrement d'un pied sur l'autre. Une moustache de crème blanche s'accrocha au-dessus de ses lèvres. Vue de l'oreiller où il enfonçait voluptueusement sa tête, elle avait l'air d'une sculpture monumentale. « La buveuse de lait », pensa-t-il avec un sourire.

La veille, après leur bain respectif, il était allé frapper à la porte de son bungalow pour répéter avec elle – c'était leur habitude – la scène du lendemain. Mais elle avait passé une tête ébouriffée et susurré qu'elle se sentait trop fatiguée, bonne à rien. Ses grands yeux las confirmaient ses mots. Alors, il était retourné travailler seul de son côté. Peu de temps après, on avait cogné à sa porte. Elle a dû changer d'avis, avait-il pensé, heureux et rassuré. Mais au lieu de la blondeur solaire de sa partenaire, une horrible petite boule noire se présenta. La mère Strasberg. C'était bien la dernière personne à qui il avait envie de parler à cet instant. Il avait une scène délicate à travailler et n'avait aucune envie d'être dérangé. Surtout par la sorcière.

« Vous savez, Yves, Marilyn est très ennuyée de ne pouvoir travailler avec vous ce soir… Si vous alliez lui dire bonsoir, cela la rassurerait… Je crois qu'elle a peur que vous ne lui en vouliez… »

La vieille chouette l'avait accompagné jusqu'en bas des escaliers et avant qu'il ne fasse les quelques dizaines de mètres qui le séparaient du bungalow de sa partenaire, elle lui avait glissé à l'oreille : « C'est ouvert et elle est dans sa chambre… »

Il avait fait comme Paula Strasberg avait dit. Il avait ouvert la porte, traversé le salon – un salon tout blanc, les rideaux, les fauteuils… Sur la tache noire de la table basse, il avait aperçu une boîte de caviar entamée et une bouteille de Dom Pérignon rosé. Il avait bu une gorgée au goulot, il ne savait pas pourquoi. Arrivé dans la chambre, il l'avait trouvée allongée avec une toute petite mine. Alors il s'était assis au bord du lit et lui avait doucement tapoté la main.

— Ça ne va pas ?

— J'ai un peu de fièvre, je crois…

— Oh…

— Mais… je ne veux pas que tu t'inquiètes, ça va aller… Enfin, je veux dire que demain, il n'y aura pas de problème… Je serai là et à l'heure… Je suis contente de te voir.

— Moi aussi, je suis content de te voir… Et j'ai hâte que le matin soit là.

— Amanda sera-t-elle finalement séduite par Alex Dumas demain ?

— Alex Dumas fera de son mieux…

Ils se renvoyèrent un sourire.

— Il me reste une demi-page à réviser justement, pour demain. Je vais te laisser te reposer… »

C'était à ce moment que l'impossible était arrivé. Quand il s'était penché pour lui souhaiter bonne nuit, quand il s'était approché – pour quoi ? L'embrasser sur le front ? Mais embrassait-on une telle créature sur le front ? – et que tout avait glissé, sa tête à elle, ses lèvres à lui… Que tout avait glissé, merveilleusement, voluptueusement. Ardemment.

Elle avait fini son lait et sa danse de petite chipie. Elle s'allongea, laissa tomber le verre sur le sol et l'attira contre elle. Il sentit. Toute sa peur l'avait quittée à cet instant. Toute sa peur. C'était bouleversant.

Il lécha la crème. Ils s'embrassèrent. Ils glissèrent. Encore une fois.

Dehors, c'était le printemps et deux voitures les attendaient pour les emmener au studio.

2
L'amertume

Ce matin, Arthur Miller avait un air satisfait, ce qui, chez lui, se traduisait, plus qu'avec l'inflexion d'un sourire diffus, par une détente assez perceptible des traits et une harmonie certaine des gestes. Le front spirituel et tranquille, le poignet souple et les doigts rapides, il finissait de taper une phrase du scénario auquel il travaillait d'arrache-pied et que John Huston avait l'intention de tourner.

Il se leva, arracha la feuille qu'il venait d'écrire et la posa soigneusement avec les autres. Il faisait beau et, cette nuit, pour une fois, il avait bien dormi, sans doute parce que sa femme, elle aussi, avait eu le sommeil tranquille. Ce n'était pas si souvent. Elle avait l'air en forme en ce moment. Il l'avait même trouvée incroyablement fraîche quand il avait ouvert les yeux.

Oui, ce matin-là, Arthur Miller était un auteur content et rassuré qui voulut, soudain, saisir le goût de ce moment de franche félicité. Il quitta le salon où il travaillait pour rejoindre la chambre dans laquelle sa femme répétait son prochain rôle. Il avait envie d'un baiser.

Elle était appuyée contre la fenêtre, encore en peignoir, son mignon peignoir à pois bleu pervenche, trouvé dans un supermarché du coin. Il s'approcha dans une attitude qui ne laissait aucun doute sur son désir et ses intentions. Mais elle ne réagit pas. Il la força vers lui, l'attrapant par la taille d'un bras tandis que de l'autre, il amenait son visage vers le sien. Elle comprit qu'il fallait se rendre, reconnaissant ce geste pour l'avoir trop souvent connu et y avoir trop souvent cédé. Triste aussi, un court instant, avant de ne plus penser à rien, de constater cette attitude chez un homme qui était son mari.

Il força l'ouverture timide de ses lèvres, fourra sa langue dans cette bouche comme il y aurait fourré son sexe et se retira brutalement.

— Mais qu'est-ce que tu as à l'intérieur de la bouche ?

— Rien, ce n'est rien...

— Mais non, ce n'est pas rien !

Il la prit fermement par le poignet et la traîna littéralement vers la salle de bains.

— Arrête, tu me fais mal... Puisque je te dis que ce n'est rien...

— Tais-toi ! Tu vas me rendre fou ! Tu vas me rendre fou !

Il alluma toutes les lumières et là, devant le lavabo, lui inclina violemment la tête en direction de la glace.

— Ouvre la bouche !

Elle s'exécuta sans résister, comme une enfant prise sur le fait et avec un air d'indifférence lasse qui exaspéra son mari au plus haut point.

— Oh, mon dieu ! Non...

Il la regarda dans le reflet du miroir, désemparé, et plus le désarroi montait, chassant la petite bulle d'air heureux qu'il tenait en lui depuis son réveil, plus le sourire de sa femme s'élargissait. Quand l'arc de la bouche eut atteint le comble de l'ironie, elle rompit le silence.

— Ça faisait longtemps qu'on ne s'était pas embrassés, hein, « chéri » ?

Il n'eut aucune envie de répondre à sa provocation. Sa provocation qui était la vérité. Cela devait faire des semaines. Maintenant il savait. L'intérieur de ses joues était entièrement ulcéré.

— Et quoi ? Cela t'étonne ? Ça te fait quoi de voir comme ta jolie femme est laide ?

— Tais-toi ! Tais-toi ! Tais-toi ! Par pitié !

— Je peux retourner dans le salon ?

— Mais que fais-tu ? Que fais-tu de toi ?

— Je peux retourner dans le salon ?

Il la fixa avec au fond des yeux plus de désespoir que de colère. Et, au bord de ses paupières, d'imperceptibles larmes qu'elle ne vit pas. Elle passa la main dans ses cheveux pour remonter la mèche qui lui tombait sur le front, inspecta son visage dans la glace, rectifia d'un doigt habilement léché la ligne de ses sourcils, pinça ses pommettes pour les faire rosir, puis s'éloigna en traînant des pieds. Et même ainsi, même dans cette usure qu'il ne voulait pas voir, il la trouva immensément désirable. Mais vite, une urgence inquiète lui fit ouvrir l'armoire de toilette puis les tiroirs où elle rangeait ses affaires. Tout débordait de flacons de médicaments. Il ramassa l'ensemble et fila à la pharmacie Schwab.

Elle le regarda partir sans rien dire et ne réagit qu'au claquement de la porte d'un tremblement léger des épaules.

Il roula l'esprit envahi de préoccupations confuses. En l'épousant, en décidant d'accompagner l'existence de cette femme, il avait découvert un aspect terrible de la nature humaine, une forme aiguë de la perte de soi combinée à une grâce et une beauté exquises. Jamais plus que dans son regard avait-il ressenti la solitude d'être au monde. Il en avait été profondément bouleversé. Il la côtoyait dans tous les aspects de la vie, l'intimité et le travail. Pourtant, il n'avait jamais réussi à la pénétrer intimement. Il avait tenté de comprendre pourquoi. La seule réponse qu'il trouva, sans qu'en aucune manière celle-ci n'augmente sa compréhension, c'était qu'il y avait dans son comportement une forme originelle de chaos. Comment ce chaos était né, comment il avait pris place en elle, cela, il ne le savait pas, pas plus qu'il ne savait en voir la forme et la matière véritable.

Dans sa beauté, il percevait la lutte qu'elle menait intérieurement contre ce chaos. Cette beauté qui contenait tant de douleur parce qu'elle cherchait, sans y parvenir, à se manifester en entier. Voir cela était déchirant.

Malgré ce mal qui la rongeait et faisait souffrir ceux qui lui étaient proches, il y avait eu un instant où tout avait pris sens avec elle. Une fille sensible et capricieuse, oui, cela, elle l'était, mais aussi un être délicat et angélique. Jamais élégante au sens social du terme, mais élégante infiniment dans sa fraîcheur et son innocence. Dans l'expression ouverte de son cœur. Dans sa capacité d'étonnement. Regard frais et cœur chaud. Voilà ce qu'elle était. Voilà ce à quoi il devait penser. Voilà ce qu'il importait de sauver. Coûte que coûte.

Il se gara n'importe comment en face de la pharmacie et faillit se faire renverser en traversant.

Chez Schwab, on lui expliqua, avec une inquiétude aussi professionnelle que réelle, combien la prise simultanée de ces médicaments pouvait s'avérer dangereuse, voire mortelle. Les ulcérations de la bouche ? Oui, elles étaient la conséquence de cette consommation anarchique et excessive. Alors, il fit consciencieusement le tri avec le pharmacien et ne ramena au bungalow que les barbituriques compatibles.

En arrivant au niveau du 9641 Sunset Boulevard, il n'emprunta pas la petite allée qui démarrait au coin du grand mur vert amande où était inscrit en lettres blanches le nom de l'hôtel. Il poussa jusqu'à la mer.

Santa Monica Pier. En descendant de voiture, il fut saisi par la rumeur joyeuse et légèrement hystérique qui lui parvenait depuis les manèges et les baraques de la jetée. Il préféra la plage côté nord, à l'opposé de l'agitation de Muscle Beach.

Il marchait d'un pas lourd qui s'enfonçait dans le sable et ne s'arrêta qu'à quelques mètres de l'eau, là où la plage était encore sèche. Il jeta encore un regard vers sa gauche, s'arrêtant sur les grandes ombres que dessinait la jetée. Puis il s'assit et retira ses chaussures. Il les secoua pour les vider de leur sable et les posa près de lui. Il fit de même avec ses chaussettes, mais cela était peine perdue. La trame du fil d'Écosse était incrustée de fines particules qui ne partiraient qu'au lavage. Chaussettes portant chacune un trou au niveau du gros orteil. Qu'aucune femme ne repriserait, pensa-t-il laconiquement.

Il enfouit ses pieds profondément en appuyant fort avec les talons. Le sable était humide et frais, mais sur son crâne et sur ses épaules, le soleil de janvier mordait comme en plein été, et il se retrouva, par ce mécanisme étrange et incontrôlable du souvenir, vingt-six ans en arrière, appuyé contre la vitre du bus qui le menait, en ce mois de septembre 1934, vers Ann Arbor, Michigan. Un soleil cuisant ce jour-là aussi… Mais, vingt-six ans auparavant, il avait accueilli cette morsure avec le sourire de celui qui sait qu'il va vers son rêve et sa libération. Pour la première fois, il allait être loin de sa famille et de ses tensions. Ces années qui allaient faire de lui un écrivain, ces années où il avait fallu se battre et travailler dur pour gagner de quoi payer l'université. Des années bénies.

La brûlure du soleil de 1960 annoncerait-elle un nouveau tournant du destin ? Trouverait-il, comme il l'avait fait pour celles d'autrefois, les réponses aux questions d'aujourd'hui ?

Il voulait sauver son mariage, mais il ne savait pas comment. Les choses s'étaient détériorées si rapidement entre eux. Il avait envie de croire à la morsure du soleil comme à un bon présage. Envie de croire encore à la jolie mariée sous son voile blanc, aux baisers, aux mains enlacées de l'été 1956. Il faudrait qu'il trouve la place où elle pourrait enfin grandir, qu'il la crée peut-être...

Quinze ans après Ann Arbor, il était arrivé à Hollywood avec son ami Elia Kazan, s'était assis au bord d'une piscine, aux petits soins d'un valet philippin sensible au moindre battement de cil. Là, il avait pleinement savouré le goût du succès.

C'était à cette époque qu'il l'avait vue pour la première fois. Il se souvenait de son profil se découpant devant la lumière aveuglante d'un projecteur sur le plateau de la Fox où ils étaient venus tous les deux en visite. Un de ses amis venait de mourir et elle pleurait derrière un voile de dentelle noire qu'elle soulevait de temps à autre pour tamponner ses larmes en prenant soin de ne pas ruiner son maquillage. Puis elle s'était approchée pour venir leur serrer la main. Le mouvement de ce corps... Un choc qu'il ne s'expliquait toujours pas. Puis il y avait eu cette fête donnée pour lui et où elle était invitée. Ils avaient dansé tous les deux. Une femme comme ça ne se croisait pas dans Brooklyn. Une femme comme ça... Lui, le prix Pulitzer, apprenait ici, en Californie, dans cette étrange et incompréhensible ville de Los

Angeles, ce que le pouvoir conférait de droits et de privilèges, notamment sexuels. Et peut-être appliquait-elle la règle, comme toutes les autres. Pourtant, il n'avait pas joué les séducteurs, il l'avait prise au sérieux. L'avait conseillée sur son métier. Elle ne l'avait pas dragué non plus. Ils avaient parlé jusqu'à l'aube. À l'écart de la comédie festive qu'ils ne goûtaient ni l'un ni l'autre.

Quand il avait repris l'avion pour New York, elle l'avait accompagné à l'aéroport. Il n'avait jamais oublié ce qu'elle portait ce jour-là : une jupe beige et un chemisier de satin blanc. Ses cheveux blonds caressaient ses épaules. Elle les avait coiffés sur le côté, avec une raie à droite.

Oui, il se souvenait de tout et aussi des pensées qui l'animaient à ce moment précis. Il n'y avait que deux solutions à sa situation : ou ne plus la revoir ou accepter l'enfer de cette liaison. Il avait perçu, déjà, les fêlures de cette femme et, déjà, il avait voulu échapper à sa voracité infantile, cette voracité qui le renvoyait à son propre appétit pour l'autosatisfaction. Cela avait certes contribué au succès de son art, mais aussi planté en lui un certain dégoût. Il y reconnaissait le fumet vénéneux de l'irresponsabilité. Il savait que ce n'était pas bien.

Ce jour-là, il avait pris l'avion comme on bat en retraite, conscient qu'à chaque marche gravie de l'escalier d'embarquement, il se sauvait moralement mais s'éloignait, dans la même mesure, de sa vérité. Il allait rentrer chez lui, retrouver sa femme légitime, avec son odeur à elle sur les mains et dans la tête. Il n'était donc que « techniquement » moral. Ce qu'il ressentait pour elle à l'époque ? De l'appétit sexuel, sans aucun doute, mais qui le menait à une chose plus profonde, à une forme d'honnêteté vis-à-vis de lui-même et de sa nature. Elle attisait son désir et lui renvoyait, dans le même temps, une vitalité, une force qui, c'était ce qu'il ressentait sincèrement, était sur le point d'illuminer en lui un vaste champ d'obscurité. Il y avait une vie avec elle. Une belle vie.

Pendant quatre ans, ils ne s'étaient plus revus et puis... Et puis, il s'était mis à rêver. Un rêve qui l'avait conduit, aujourd'hui, jusqu'au comptoir de chez Schwab, avec, sous le bras, les pilules de l'échec et du bonheur impossible. La belle vie avait fait pschitt.

Il regarda sa montre, pensa qu'il était temps de rentrer à l'hôtel, se demanda dans quel état il la trouverait à son retour. Se demanda ce qu'il adviendrait. Mais tout était flou. Il ramassa ses chaussettes, ses chaussures, essuya ses lunettes et remonta vers sa voiture, aveuglé par la lumière d'hiver. Le ventre noué.

Cette fois, il remonta l'allée le long de la façade pastel de l'hôtel, descendit de sa voiture avec une nonchalance calculée et glissa, l'air de rien, sa clef au voiturier qui le gratifia d'un sourire professionnel et discret. Il entrait dans un territoire protégé, calme, luxueux, avec de la misère sous le bras, dans un petit sac de papier brun. Oui, il remontait les allées du paradis en rapportant l'enfer et sa brillante et chimique solution.

Elle s'excusa. Elle avait l'air sincère. Susurra « Arturo » à son oreille. Il la serra contre lui. Son corps était doux, délicieusement courbe, mais ses yeux n'étaient pas là. Elle essayait de donner le change, mais son regard refusait la partie. La trahissait, mais elle ne s'en rendait pas compte. Il en ressentit une nausée incontrôlable.

Marilyn attendait son sauveur et jusqu'ici, il avait échoué à être celui-ci. Pour accueillir cet homme providentiel, elle avait façonné une femme sur mesure et cette femme-là, il l'avait trouvée sensuelle et miséricordieuse et avait pensé qu'elle était sa bien-aimée. Aujourd'hui, considérant cela, il comprenait, avec une ironie douloureuse, la vie de refoulement qui l'avait conduit sur ce chemin bien avant son apparition. Deux rêveurs s'étaient donc épousés, mais entre leurs rêves et la réalité, un vide s'était ouvert dans lequel s'était glissé le ver de la culpabilité. Oui, il pouvait le dire avec certitude, ils se sentaient l'un et l'autre coupables, coupables d'avoir été naïfs et imprudents ou, pire encore, coupables de s'être mutuellement induits en erreur.

Il pensa au surnom qu'il aimait lui donner du temps de l'amour fou, Penny Dreadful, « roman à quatre sous ». Il la regarda, pensa « Penny Dreadful » et trouva ce surnom plus approprié que jamais, mais sans aucun sourire.

Il desserra son étreinte. Elle en profita pour se retirer le plus doucement possible de ses bras et, ramassant le petit sac de chez Schwab, fila dans la salle de bains s'arranger avec la réalité.

Dans moins de quinze jours, le tournage du prochain film de George Cukor débuterait.

3

La légèreté

Un policier s'approcha.

— Bonjour messieurs, je peux savoir ce que vous faites ?

Yves Montand et Arthur Miller revenaient d'une promenade dans Beverly Hills. Miller n'avait pas dit grand-chose en chemin mais s'était beaucoup amusé : une promenade à pied dans Los Angeles était une idée tellement peu américaine. Montand non plus ne s'était pas montré très bavard. Il aurait voulu engager une conversation, une de ces conversations de leurs dîners du soir, ceux où ils se retrouvaient tous les quatre après leurs journées respectives, mais son mauvais anglais le retenait, autant d'ailleurs que les sentiments que lui inspirait le célèbre auteur américain. Lui le fils d'immigré italien éprouvait pour Miller de l'admiration, du respect, de la curiosité et, aussi, une certaine tendresse. Ce qu'il ignorait, c'est que les sentiments de Miller à son encontre s'organisaient avec une parfaite symétrie. Montand l'impressionnait, ses origines paysannes, le militantisme anti-Mussolini de son père. Mais il n'y avait pas que la politique dans ce lien. Une complicité d'homme existait, inexplicable, inexpliquée. Délicieuse.

Ils avaient donc marché en souriant. Puis, à quelques mètres de l'hôtel, un policier s'était approché.

— On se promène, Monsieur l'agent.

— On prend l'air.

L'officier de police fit la grimace.

— Il n'est pas américain, votre ami.

— Non, il est français.

— Je peux voir vos papiers ?

— Ce serait avec plaisir, mais nous ne les avons pas sur nous.

— Hmm…

Leur cas s'aggravait.

— Mais si vous voulez nous accompagner, nous habitons ici.

— Ici ?

— Eh bien, oui, ici.

— Oh…

Ils se retinrent de rire devant l'air quelque peu éberlué du policier qui, visiblement, les avait pris pour des rôdeurs pleins de mauvaises intentions. Celui-ci ne bougeait plus, se frottant les joues d'une main, d'un air dubitatif, gardant l'autre fermement posée sur son étui.

— Vous nous accompagnez jusqu'à la réception, alors ?

— Non, non, je crois que ça ira. Bonne journée, messieurs.

— Bonne journée, Monsieur l'agent.

En remontant l'allée, ils se retournèrent et virent le policier solidement planté sur le trottoir qui les surveillait.

— Pourquoi nous a-t-il interpellés comme ça, Arthur ?

— Personne ne marche ici. Tu ne t'en étais pas rendu compte ?

— Ah ! ah ! ah !

— Comme tu dis ! Ah ! ah ! ah !

— Tu veux dire qu'en gros, il nous a pris pour des gangsters ?

— En gros, oui !

Après cet intermède policier, ils retrouvèrent Simone qui prenait un verre au soleil au bord de la piscine.

— Alors, on se fait un teint de Californienne ?

— On essaie !

— Tu es sortie un peu ?

— Oui, je me suis acheté ça. Il paraît qu'ils sont faits à la main par de véritables Indiens. Ils sont jolis, non ?

Et elle agita ses pieds sous leur nez, qui étaient chaussés de ravissants mocassins de peau, brodés de perles turquoise.

— Très joli, Simone. Cela te va à merveille, n'est-ce pas Yves ?

— Oui, elle a l'air d'une vraie Américaine maintenant !

— Oh, ne te fous pas de moi, mon amour !

— Bon et si on déjeunait ici, tous les trois ? Je me remettrai à mon scénario après manger et d'ici là, j'ai besoin d'un peu de détente...

— Excellente idée, Arthur, je fais réserver une table au Polo Lounge. Ça te va, Yves ?

— C'est parfait ! Et toi, ma chérie, tu veux faire quoi cet après-midi ?

— Désolé, mon amour, mais je suis prise. J'ai promis de passer au Château Marmont voir les Newman.

— Bon, puisque Madame socialise...

— Oui, c'est vrai tu as raison, mais si tu savais comme cette oisiveté me fait du bien. Toi, tu ne peux pas comprendre...

Arthur Miller s'immisça.

— Et pourquoi il ne peut pas comprendre ?

— Monsieur Montand est du genre stakhanoviste ! Sans mauvais jeu de mots... Je crois que l'inactivité l'angoisse, n'est-ce pas chéri ?

— C'est vrai, j'aime bien avoir des choses à faire. Je ne vois pas où est le problème.

— Et moi, j'aime flâner, c'est dans ma nature !

Arthur souriait tout en cherchant un journal sur les tables voisines.

— Toi aussi, Arthur, tu es un peu comme Yves. J'entends ta machine à écrire crépiter toute la journée. À croire que je suis la seule à profiter de cette parenthèse dorée ! Tu ne voudrais pas sortir un peu en ville avec moi, Arthur, pendant que nos moitiés travaillent ? Ça te ferait une pause. Les écrivains ont besoin de faire des pauses de temps en temps, non ?

— D'accord pour la pause, mais ici, à l'hôtel, si tu veux bien, Simone. Je ne mets jamais les pieds dans ce bled de dingues, enfin, autant que possible.

Simone tira ses cheveux en arrière et s'étira comme un chat sur sa chaise en tapant l'un contre l'autre ses mignons mocassins indiens.

— Eh bien, faites ce que vous voulez, mais moi, je ne vais pas bouder mon plaisir !

Arthur avait enfin trouvé un journal et vint s'asseoir près de Simone.

— Les futurs « oscarisés » ont bien le droit de prendre du bon temps. Qu'en penses-tu, Yves ?

— J'en pense que si Simone gagne, je vais mourir de fierté !

— Oh, lâchez-moi avec ça tous les deux, j'ai déjà assez à faire avec mon fan-club de l'hôtel ! Ah ! ah ! ah !

Montand s'approcha par-derrière et enlaça sa femme.

— Tu sais quoi, ma chérie ? Je n'aime rien autant que de te voir heureuse, tu le sais bien.

— Embrasse-moi.

Miller les regarda par-dessus son journal se donner un baiser. Ils avaient l'air si amoureux... Eux.

4
L'incertitude

Parce qu'elle ne trouvait pas le sommeil, elle décida de se lever et de sortir fumer dans les jardins de l'hôtel. Elle jeta un œil de l'autre côté du lit. Son mari dormait profondément, sans bouger, le drap remonté haut sous le menton. Drôle de tête de fouine, pensa-t-elle. Puis elle ramassa son peignoir de velours cramoisi, cadeau de l'homme qui dormait pour célébrer la nouvelle année. Un peignoir moelleux comme une caresse. La seule, celle du velours, qu'elle acceptait encore sans dédain. Puis elle fila, pieds nus.

La nuit était douce. Arrivée au pied de l'escalier, elle alluma sa cigarette et fit le tour du petit bâtiment. Machinalement, elle leva les yeux vers les fenêtres du bungalow n° 20 pour voir si les lumières y étaient encore ou déjà allumées. Mais les Français dormaient. À cette heure... Bien sûr, à cette heure, les gens normaux dormaient. Quelle cruche elle faisait ! Et ils avaient bien de la chance ! Elle enviait ce monde pour qui la nuit voulait dire quelque chose. Elle, n'avait jamais su ce que c'était.

D'aussi loin qu'elle pouvait se souvenir, elle n'avait jamais eu le sommeil tranquille.

Perdue dans ses rêveries, elle trébucha contre un obstacle. Des câbles. Qui sortaient du bungalow n° 19 et se perdaient dans le jardin. Le bungalow n° 19 était décidément plein de bizarreries et de mystères. Officiellement, personne ne savait qui occupait ce vaste appartement. La vérité était que personne dans l'hôtel ne l'ignorait. Les résidents vivaient constamment stores baissés. On ne les voyait jamais dehors. À l'étage, dans les bungalows n° 20 et n° 21, on évoquait parfois, toujours en riant, ces étranges voisins. L'étrange voisin, surtout. Elle l'avait connu quelques années auparavant, le reclus qui obligeait sa famille à l'enfermement. Un drôle de type. Dont le personnage masculin du film de Cukor, qu'interpréterait Yves, s'inspirait très directement, sans folie certes, sagement, parce que, mon dieu, que ce film promettait d'être sage… Mais elle préférait penser à autre chose.

La cigarette à la bouche, nue sous son peignoir rouge sombre, la peau parcourue d'un léger frisson, elle se mit en tête de suivre le long serpent de câbles. Simplement parce que cela l'amusait.

Le réseau câblé courait au-delà des limites de l'hôtel. Dans la petite ruelle qui, de ce côté-ci, jouxtait l'enceinte, à la limite du halo blafard d'un lointain réverbère, au fond d'une Dodge d'un gris beige indéfinissable et bonne pour la casse où venaient s'engouffrer les câbles, les pieds reposant sur l'appuie-tête avant côté passager, Howard Hughes travaillait sur un petit pupitre.

Elle le reconnut immédiatement. Il ne l'avait pas vue. Elle s'approcha jusqu'à venir écraser son visage contre la vitre. Mais il ne la voyait toujours pas, perdu dans l'effervescence de réflexions compréhensibles de lui seul. Alors, elle tambourina contre la carrosserie. Il sursauta. Elle éclata de son petit rire flûté tout en ouvrant la portière pour venir, sans y avoir été invitée, s'installer avec lui sur la banquette arrière dont elle dut repousser le fouillis de papiers.

— Tu es là, toi...

Il lui parlait sans lever les yeux des dossiers qu'il tripotait fébrilement.

— Tu sais bien que je n'ai jamais sommeil.

— Tu ne prends rien pour cela ? Si tu veux, je peux...

Il roula en boule deux, trois feuilles de papier et les balança à l'avant en visant les espaces du volant.

— J'ai tout ce qu'il me faut, mais c'est gentil de te préoccuper de moi.

— Je ne me préoccupe pas de toi, mais je n'ai pas envie que tu me fasses sursauter toutes les nuits !

— J'adore qu'on me parle comme ça, tu sais, Howard, ça me change. Tu veux bien te laisser déranger pour une fois ?

Elle posa la tête contre son épaule. Il lui respira le crâne, comme s'il vérifiait la propreté de ses cheveux.

— Oui, je veux bien. Ça fait longtemps...

— Oui, longtemps. On cause ?

— De quoi ?
— J'ai peur.

Elle jouait du pied avec ce qu'elle prit d'abord pour des détritus jonchant le sol de la Dodge avant de s'apercevoir qu'il s'agissait de billets de banque. Des centaines de dollars éparpillés.

— De quoi as-tu peur ?
— Non, en fait, je n'ai pas peur, je suis terrorisée. Par quoi ? Si seulement je savais. Tout, je crois.
— C'est le métier, ma belle, la putain d'industrie. Enfin, tu connais la musique...

Elle soupira. Il renifla.

— C'est ton bureau ?
— Tu aimes ?
— Je trouve ça dingue et, oui, j'adore ! Ils ne t'ont pas embêté, l'hôtel, je veux dire...
— Tu veux rire ! Avec les millions de dollars que j'ai claqué ici, je pourrais quasiment le racheter, ce foutu putain d'hôtel !

Il soupira à son tour en se grattant le torse, puis desserra la ceinture de son peignoir, découvrant un pyjama de soie rayé.

— Tu aurais pu dépenser quelques dollars de moins à l'hôtel et quelques dollars de plus pour ta caisse...

Elle sourit en frôlant de la main le cuir craquelé de la banquette.

— Elle est vraiment pourrie, cette Dodge !
— Tu sais, ma belle, n'importe quel foutu negro de Californie a une Cadillac, alors...
— Tu as de la chance. Quoi que tu fasses, on te prend au sérieux. Moi, on ne me prend jamais au sérieux.

— La malédiction du joli cul...

— Oh, très drôle, vraiment... Même si je n'ai rien contre avoir un joli cul et rien contre m'en servir non plus, mais tu sais tout ça. J'aimerais juste qu'on me prenne au sérieux. Ce n'est pas demander la lune quand même...

— Tu n'arrives pas à y trouver ton compte ?

— Non, je n'y arrive pas. J'y arrive de moins en moins, pour être exacte. J'en ai assez de l'actrice des années cinquante. Je voudrais devenir une actrice des années soixante. Mon cul, mes seins, c'est vieux tout ça. Je risque de devenir une femme obsolète. Et puis j'ai profondément envie d'autre chose. Je travaille dur pour être sûre de prendre le virage...

— Tu es douée, tu y arriveras, je suis sûr que tu y arriveras.

— Je peux fumer, Howard ?

— Je préférerais que tu sortes.

Elle sortit, donc, et fuma appuyée contre la carrosserie. Il avait baissé la vitre. Elle jouait à prendre des poses avec ses jambes, de part et d'autre des câbles qui alimentaient le véhicule, en continuant de lui parler.

— T'ai-je déjà dit que ma mère travaillait à la RKO ?

— Ah oui ? Tu as une mère, toi ? Je te croyais orpheline.

Elle ferma un instant les yeux en se pinçant les lèvres.

— Toujours le mot pour rire, Howard ! Il se trouve que j'ai eu une mère, oui ! Par intermittence, je te le concède, mais quand même... Et elle était monteuse là-bas. Ça m'a tant fait rêver... De la fenêtre de ma chambre, à l'orphelinat, je voyais briller les lettres R.K.O. sur le château d'eau du studio...

Howard glissa sur cette montée sentimentalo-nostalgique qui ne le touchait pas le moins du monde et, attrapant un mouchoir dans sa poche, il se dégagea bruyamment le nez.

— Le destin, ma belle, mais un conseil, laisse tomber le passé. C'est de la glaise, c'est froid et ça colle.

Il jeta le mouchoir par terre avec un air dégoûté.

— Oui, laisse le passé là où il doit être, ma jolie, sinon tu ne pourras pas avancer.

— Je peux te poser une question ?

— Vas-y toujours.

— Tu crois que je suis une bonne actrice, Howard ?

— Oui, tu es une bonne actrice. Allez, maintenant, ouste ! J'ai du travail.

Elle le quitta en l'embrassant tendrement sur la bouche. Il s'essuya les lèvres avec un deuxième grand mouchoir blanc qu'il sortit de son autre poche puis écarta les pans du peignoir de velours cramoisi de sa passagère, découvrant ses seins dont la blancheur éclatait dans la pénombre. Elle le laissa faire.

— J'adore tes seins.

— Moi aussi, j'adore mes seins.

Ils se regardèrent en souriant. Elle rajusta son peignoir en le remerciant de lui avoir cédé ce moment puis reprit le chemin du bungalow.

En route, elle changea d'avis et décida de pousser jusqu'à la piscine. Elle n'avait aucune envie de regagner sa chambre, aucune envie de se glisser dans ce lit trop froidement conjugal. De se poser contre le dormeur à tête de fouine. Ce mariage avait, depuis longtemps, fait son temps.

Elle traversa le lobby, salua gentiment le gardien de nuit qui regarda passer la blonde la plus célèbre du monde, dont les fesses balançaient gracieusement sous le velours et dont les pieds nus caressaient langoureusement la moquette. Elle ressentit immédiatement l'humeur du regard qu'il posait sur elle et, en brave fille, lui donna du déhanchement. Elle savait faire plaisir.

Arrivée en haut de l'escalier qui descendait vers la piscine, elle s'arrêta un instant. Les plumeaux sombres des grands palmiers se détachaient sur la toile grise du ciel où le blanc matinal montait peu à peu. La nuit céderait bientôt la place. Dans une heure, la voiture viendrait la chercher pour l'emmener au studio. Oui, dans une heure, il faudrait aller tourner… Elle n'en avait aucune envie.

Elle s'assit sur la première marche, fouilla dans les poches de son peignoir et en sortit ses cigarettes et son briquet. La flamme lui éblouit les yeux, faisant monter des larmes au bord de ses paupières. Elle pencha la tête en arrière pour les empêcher de couler puis fit rougir sa Marlboro en tirant lentement sur le filtre. L'aube était proche. Elle se souvint d'une autre aube de sa vie, une aube qui lui semblait le dessin entier de son existence.

Elle était en cinquième et l'école l'avait choisie pour figurer dans le Service de l'Aurore que l'on donnait pour Pâques à l'Hollywood Bowl. Toutes les jeunes filles étaient revêtues d'un domino noir sous lequel elles dissimulaient des tuniques blanches. L'impressionnante cérémonie commençait avant le lever du soleil. On les avait disposées en forme de croix et au signal, elles devaient rejeter les dominos noirs, transformant ainsi la croix noire en croix blanche. À l'instant où le soleil pointa à l'horizon, on donna le signal. Mais elle était tellement fascinée par l'aube, tellement prise, envahie, par l'apparition de la lumière qu'elle ne vit pas le signal. Une tache noire subsista sur la croix blanche. Et c'était elle.

Elle pensa au chemin parcouru. Les images se bousculaient, chaudes, colorées. Oui, de la couleur partout, violemment vibrante. Mais une inéluctable tristesse vivait au cœur de ce Technicolor. Comme si c'était justement la chaleur qui était pleine de larmes. Puis elle se demanda si elle aimait son métier.

Elle tira encore une fois sur sa cigarette, très lentement, détacha la ceinture de son peignoir qu'elle fit tomber d'un mouvement d'épaules. Elle resta nue sur l'escalier. C'était bon. Elle soupira.

En vérité, elle ne savait pas si elle avait encore envie d'être une actrice. Enfin… une actrice comme elle.

5
La tendresse

Elle quitta le plateau à six heures du soir.

Des figurants traînaient encore dans leurs costumes à la sortie des studios. Des cow-boys qui discutaient avec des marquises, des marquises qui fumaient avec des centurions, des centurions qui flirtaient avec des infirmières, et tout ce petit monde de la grande industrie cherchait par intermittence, dans l'horizon bouché par la masse imposante des hangars où se tournaient les films, la respiration de leur existence, le destin qu'ils rêvaient lumineux. Elle remarqua cela et en ressentit un drôle de sentiment indescriptible. Puis elle pensa qu'il existait des espoirs tristes et chassa vite ce brouillard épais de la vie hollywoodienne en se disant que, dans un instant, elle serait dans son bain, dans le nid douillet du bungalow n° 21, loin du bruit et de l'agitation fiévreuse des studios. Loin des espoirs tristes.

Elle grimpa dans la Ford rouge qui l'attendait et demanda au chauffeur de la ramener à l'hôtel aussi vite que possible. Puis elle lui fit allumer la radio. Elle avait envie de musique.

Oui, elle avait hâte de rentrer. Hâte de ce dîner qu'ils prendraient tous les quatre. C'était si bon, ces soirées. Si bon, ce couple de Français qui venait, sans le savoir, soulager le tête-à-tête de plus en plus aride de son mariage.

— La musique ne vous ennuie pas, j'espère ?

Le chauffeur répondit non d'un hochement de tête.

Elle s'était glissée dans l'espace séparant les deux sièges avant pour pouvoir atteindre le bouton de la radio et parcourait la fréquence en s'arrêtant quand un air lui amusait l'oreille.

— Vous savez ce que c'est ? J'aime beaucoup ça !

— *Brook Benton, Someday You'll Want Me to Want You.*

— Ah ! ah ! ah ! Eh bien, dites-moi, c'est tout un programme ce titre !

— N'est-ce pas...

— J'adorerais dire ça : un jour tu désireras que je te désire...

Elle se tut pour écouter la chanson.

— C'est bien, vraiment... Il faudra que je passe chez mon disquaire.

De son sac à main, elle sortit un petit carnet de cuir rouge et nota à la page du jour : « Brook Benton ». Le chauffeur tapotait d'un doigt le rythme de la chanson contre la bakélite du volant.

Oh, que ce retour était doux et léger ! Elle soutenait l'effort depuis si longtemps. En vérité, toute cette ville n'était qu'effort et chaque candidat au rêve cinématographique s'exténuait pour gagner sa part de rêve. L'Eldorado des filles de rien exigeait tout...

Elle se mit, elle aussi, à battre le rythme sur le cuir crème de la Ford, chantonnant comme elle pouvait cet air qu'elle entendait pour la première fois et invitant le chauffeur à chantonner avec elle. C'était un beau noir aux tempes grisonnantes qui sentait bon l'after-shave.

— Pinaud Clubman Musk ! C'est cela, n'est-ce pas ?

— Pardon ?

— Oui, votre after-shave... Pinaud Clubman Musk ! Je me trompe ?

— Mais non, Madame, vous ne vous trompez pas. Je vous tire mon chapeau et si je n'étais pas si noir, vous me verriez rougir.

— Vous sentez divinement bon et vous êtes un très bel homme. J'espère que la femme de votre vie n'oublie jamais de vous le dire.

— Elle n'oublie pas, Madame, elle n'oublie pas !

La radio se mit à crachouiller quelques publicités alimentaires, vantant les mérites gustatifs et hygiéniques du beurre de cacahuète et du jus d'orange de Floride.

— Oh, zut, la chanson est finie ! Il faut que je m'achète ce disque absolument. On continue avec la radio ? Oui ? Non ? Qu'est-ce qui vous ferait plaisir ? Dites-moi. J'ai envie de vous faire plaisir, autant que vous me rendez cette fin de journée magique.

— Hmm... Laissez-moi réfléchir...

— Allez, ne soyez pas timide avec moi !

— Je ne sais pas si je peux...

— Dite, dites !

— Vraiment, je n'ose pas... Pourriez-vous chanter pour moi ?

— Oh, mais bien sûr ! Qu'est-ce que vous voulez entendre ?

— *River of No Return.*

Puis il murmura :

— Je vous ai trouvée si belle et si touchante dans ce film...

— C'est mignon de me dire cela... Oui, ça me touche, vraiment ! Je ne sais pas si ma voix est en état après la journée que je viens de passer, mais je suis sûre que vous serez indulgent.

Elle se pencha pour tourner le bouton de la radio et se collant tout près de son oreille, lui susurra la chanson dont il avait envie. Sa voix était ravissante.

Au hasard des courbes de la route, son sein gauche venait frôler le bras droit du chauffeur qui ne s'en plaignait pas. Qui l'écoutait avec un sourire ravi. Et elle, fermait à demi les yeux, trouvant ce contact doux comme les bras d'une nourrice aimante.

6
L'insatisfaction

Ce samedi matin, comme tous les samedis matins, Pearl Porterfield, digne et élégante vieille dame de soixante-sept ans, arriva, depuis l'aéroport, au Beverly Hills Hotel, dans une voiture avec chauffeur.

Quand le véhicule remonta l'allée bordée de bougainvillées, elle sortit d'un petit sac à main un vieux poudrier en croco et se repoudra le nez, vérifia dans le miroir que le résultat était probant et se remit une couche d'un rouge à lèvres d'une indéfinissable couleur rose orangé qui fila, avec habitude et obstination, dans les fines ridules striant l'ourlet ratatiné de sa bouche. Elle se regarda une dernière fois, tandis que le chauffeur se garait devant l'entrée du lobby, vérifia le positionnement de son petit chapeau, puis fit claquer le poudrier en le refermant d'un coup sec avec, sur le visage, un sourire de franche satisfaction. Ensuite, elle attendit, en rectifiant les plis de sa jupe, sa plus belle jupe, que le chauffeur vint lui ouvrir la portière. Quand celle-ci s'ouvrit, Pearl Porterfield sentit soudain couler sur le nylon de ses bas la chaleur légère de ce soleil de fin d'hiver et frissonna. Elle ramassa le cabas qu'elle avait posé près d'elle en projetant ses jambes à l'extérieur avec une arrogance de danseuse en corset, puis fit son entrée dans le temple où elle allait célébrer le culte de la célébrité.

Elle se tint un moment dans le hall, comme quelqu'un qu'on attend, jetant un regard qui se voulait glamoureusement distant au personnel de réception. Celui-ci adouba son entrée d'un discret hochement de tête. Oui, bien sûr, Miss Porterfield était attendue et personne ici ne l'ignorait.

Elle se dirigea donc vers le parc, son vieux cabas fermement coincé sous son bras, ce vieux cabas fatigué qui était son oscar et trahissait aussi le rang social qu'elle occupait. Mais cela Pearl Porterfield ne le voyait pas. Elle marchait en soignant le port et l'allure, heureuse quand un regard croisé sur le chemin s'attardait sur elle comme pour chercher sa mystérieuse et célèbre identité. Alors, elle pensait : Pearl Porterfield est attendue. Marilyn Monroe attend Pearl Porterfield. Marilyn Monroe ne peut se passer de Pearl Porterfield. Sans Pearl Porterfield, Marilyn Monroe... Elle ne trouvait jamais la fin de la phrase, mais le début lui suffisait.

Tout en progressant dans l'allée, Miss Porterfield faisait machinalement l'inventaire de son sac, en gardant un œil alentour pour le cas où. Car Pearl Porterfield aimait les stars. Les stars étaient toute sa vie. Cependant, quand il lui arrivait de croiser le regard d'une célébrité du cinéma, ici ou dans les rues, ce qui arrivait souvent dans cette ville, elle affichait une indifférence polie, renversant les rôles d'un art accompli du regard, laissant entendre que, de ce club très privé, elle aussi était un membre éminent.

Elle avait connu ce qu'elle appelait « la grande époque », celle qu'on ne dépasserait jamais, celle qui ne reviendrait plus et resterait, pour toujours, le moment indépassable du cinéma. Elle aurait voulu que tous sachent qu'elle avait fait partie de cette histoire-là – et de quelle éclatante manière !

La vie n'était donc pour elle que le souvenir sans cesse ressassé de cet âge d'or qui lui faisait mépriser, avec un snobisme naïf et emprunté, les vedettes d'aujourd'hui. Oh, pas toutes les vedettes ! Pas Madame Marilyn ! D'ailleurs, Madame Marilyn était une star, une vraie, à la hauteur de sa réalité nostalgique. Et parce qu'elle était à cette hauteur-là, elle la reconnaissait et la traitait avec les égards qui convenaient.

Miss Porterfield avait choisi son camp. Le monde où elle vivait était un monde Art déco, un monde muet et noir et blanc, où les actrices, sculptées d'ombre et de lumière, évoluaient en divinités fatales, célébrées par tous et convoquées par de grandes prêtresses dont elle faisait partie. La couleur et le son n'étaient finalement que de minables gadgets. Les gens intelligents savaient cela.

Le parc était plein de jardiniers armés de râteaux et de sécateurs. L'hôtel se pomponnait comme une jeune première et Miss Porterfield, toute aise, trottinait le long de l'allée dans son tailleur bleu ciel. Un tailleur de l'époque, à la coupe comiquement désuète, un peu élimé à l'ourlet de la jupe et aux poignets de la veste, que venait compléter un chemisier flambant neuf, de la même couleur incertaine que son rouge à lèvres, dont le boutonnage laissait apparaître une gaine chair qui boudinait un peu sa poitrine flétrie mais lui faisait une ligne de presque jeune fille.

Miss Porterfield était aux anges. Elle marchait dans un rêve et dans ce rêve, elle avait pour toujours vingt ans et l'actrice la plus célèbre du monde avait besoin d'elle.

Oui, Marilyn avait besoin d'elle, pensait fièrement Pearl Porterfield en gravissant avec inspiration l'escalier qui menait à la porte du bungalow n° 21.

Dans sa kitchenette, Marilyn s'agitait autour des derniers préparatifs, arrangeant un buffet de sandwiches divers et de toasts au caviar qu'elle avait fait préparer par les cuisines de l'hôtel. Il y avait à manger pour dix, mais qu'importait ! C'était bien comme ça, gai comme ce rendez-vous hebdomadaire qui lui procurait toujours une joyeuse excitation. Elle entendit cogner à la porte et hurla :

— Entrez, Pearl, entrez vite, c'est ouvert !

Puis elle vint accueillir la vieille dame avec un grand sourire et l'embrassa comme on embrasse une grand-mère adorée. Ce qu'elle n'avait pas eu, mais elle avait de l'imagination et le cœur vrai.

— Installez-vous, Pearl, vous connaissez le chemin. Je vous laisse cinq minutes. Vous allez avoir double travail aujourd'hui, j'ai invité une amie. Elle loge avec son mari dans le bungalow d'à côté. C'est une actrice, et son mari aussi. Il va jouer avec moi d'ailleurs... Et vous savez quoi, Pearl, elle va avoir un oscar ! Vous vous rendez compte, Pearl ? Un oscar ! Alors, qui d'autre que vous ? Vous allez faire des merveilles, comme toujours !

Pearl eut un frisson d'aise en plongeant la main dans son vieux cabas. Marilyn embrassa une nouvelle fois chaleureusement la vieille dame.

— Pearl, je vous adore !

Puis elle la laissa à son installation et traversa le palier en peignoir pour aller chercher sa chère Simone.

La kitchenette du bungalow n° 21 se transforma vite en laboratoire de la magie blonde. À mesure qu'elle alignait les flacons d'eau oxygénée et préparait des poupées de coton autour de petits bâtons de buis, la vieille coiffeuse de la Metro-Goldwin-Mayer reprenait de son lustre d'antan.

Pearl ne connaissait pas cette Simone, mais puisque Madame Marilyn prétendait qu'elle allait avoir un oscar, c'était forcément quelqu'un de bien, quelqu'un à la hauteur de l'art qu'elle était venue exercer.

La porte du bungalow n° 20 s'ouvrit sur une Marilyn sautillante.

— Tu es prête, Simone ? Pearl est là...

— J'arrive ! Je mets quoi ?

— Enfile un peignoir et prends des serviettes de toilette. Tu vas voir, tu vas adorer Pearl, elle est fantastique ! Rejoins-moi vite dans la kitchenette. La porte est ouverte. Oh, si tu savais ce que j'ai hâte !

Et avant que Simone ait le temps d'ajouter quoi que ce soit, sa jolie voisine avait déjà disparu, laissant derrière elle le léger sillage de son rire d'enfant ravie.

Miss Porterfield, après avoir pris, l'air de rien, les renseignements nécessaires sur cette Simone promise à un avenir glorieux, fit son office, travaillant méticuleusement les chevelures de ses deux actrices avec une concentration toute chirurgicale. Le geste se répétait inlassablement. Elle versait l'eau oxygénée sur la poupée de coton, en imbibait vigoureusement les racines, puis jetait le coton usagé dans la poubelle, qu'elle n'atteignait qu'une fois sur deux. Et plus elle répétait ce geste, plus sa jeunesse passée semblait reprendre vigueur. Simone s'étonna.

— Et vous utilisez toujours de l'eau oxygénée ? Je croyais que cela ne se faisait plus.

— Chère Madame, il ne faut pas toujours croire au progrès. Dans ce domaine, rien ne vaut l'eau oxygénée, vous pouvez me faire confiance ! Mais peut-être Madame Marilyn ne vous a-t-elle pas dit…

— Non, Pearl, je voulais lui faire la surprise ! Racontez, Pearl, racontez ! Tu vas voir, Simone, Miss Porterfield n'est pas n'importe qui !

Pearl, qui, jusque-là, avait joué les techniciennes silencieuses de la décoloration, devint intarissable.

Le secret de Miss Porterfield, la gloire de Pearl, c'était qu'elle avait été la coiffeuse particulière de Jean Harlow et la créatrice de ce blond platine qui avait fait son succès. Du moins était-ce ce qu'elle prétendait. Marilyn se moquait qu'une telle affirmation fût peu vraisemblable. Elle aimait y croire. Y croire était mieux.

Pearl enchaîna tant d'histoires, d'anecdotes à propos de Jean Harlow qu'il aurait fallu qu'elle vive à demeure avec l'actrice pour légitimer ses paroles. Mais peu importait, c'était tellement drôle. Plus moyen de glisser un mot entre les descriptions minutieuses des fourreaux lamés ou brodés et la liste interminable des cols de renards bleus, des aigrettes, des brillants et des étoles de zibeline. La vieille coiffeuse dressait un inventaire complet, passant par des périodes de sourires extatiques, des périodes larmes à l'œil. La vie de la Platinum Blonde se déroula ainsi, dans un chaos très organisé et avec un timing parfait. Ainsi, quand Miss Porterfield acheva son alchimie capillaire d'un dernier geste virevoltant de la main, le récit des funérailles de la plus célèbre blonde du muet résonnait dans la kitchenette comme en un numéro parfaitement rôdé.

— … On déposa son corps sur le satin immaculé du cercueil… Son corps si jeune qu'on avait revêtu du négligé qu'elle portait dans son dernier film, *Saratoga*… Avez-vous vu ce film, Madame Simone ? Monsieur Gable y est irrésistible !

— Non, malheureusement, je le regrette, mais après cela, je crois que je vais m'arranger pour voir tous les films de Jean Harlow, soyez-en sûre !

Marilyn tambourina sur ses cuisses.

— La suite, Pearl, la suite !

— Ah, la suite…

Pearl ménagea une pause très professionnelle. Le triste drame de la courte vie de Jean Harlow arrivait à son dénouement.

— Elle était si belle ! C'était incroyable ! Et quand je me suis penchée pour mettre une dernière touche à l'arrangement de ses cheveux, ses beaux cheveux, j'aurais pu jurer sentir encore son souffle si suave… Dans ses mains croisées sur son ventre, un inconnu avait déposé une fleur de gardénia blanche et un bristol, blanc lui aussi, où étaient inscrits des mots qui, encore aujourd'hui, me déchirent le cœur…

Pearl s'interrompit en prenant une lente et profonde respiration. Son visage sombra dans une tristesse abyssale et des larmes, retenues jusque-là, se mirent à couler le long de ses vieilles joues. En grande tragédienne, Pearl savait pleurer sans ruiner son maquillage et se saisit vite d'un mouchoir en papier qu'elle plia sous le rebord de ses paupières pour que le ruissellement ne creuse pas de funestes tranchées dans l'épaisseur de son fond de teint.

— Oh, Pearl, dites-nous, dites à Simone ! Qu'y avait-il d'inscrit sur ce carton ?

La vieille coiffeuse se redressa, ramenant sur son visage cet air de dignité un peu raide qu'elle affichait dans les moments importants.

— Sur le carton qu'effleuraient les pétales blancs du gardénia, tracés d'une belle écriture volontaire mais délicate, étaient inscrits ces mots inoubliables : « Bonne nuit, ma chérie adorée »...

Et dans un geste si prompt que ni Marilyn ni Simone ne trouvèrent le temps de s'en amuser, Pearl Porterfield engouffra un canapé au caviar qu'elle mâcha la bouche ouverte. Quelques petits grains noirs vinrent se coller à la trace de rouge à lèvres qu'elle avait sur les incisives. Elle y passa la langue tout en reprenant la bouche pleine :

— Ah, Hollywood... C'était quelque chose, vous savez !

— Ça l'est toujours, non ?

— Oh, c'est parce que vous êtes française, Madame Simone... Mais si vous aviez connu... Enfin, bref.

Les doigts de Pearl papillonnaient au-dessus du grand plateau de sandwiches puis plongèrent soudain pour se saisir d'un petit pain au saumon.

— Bon, regardons où en sont nos jolis cheveux blonds...

Pearl Porterfield, d'un geste expert et théâtral, désenturbanna ses deux clientes.

— Oh, c'est parfait, Pearl ! s'écria Marilyn en approchant le miroir de son visage. Et même la petite pointe récalcitrante a disparu ! Oh, Pearl, je vous aime d'amour ! Et toi, Simone, tu es parfaite, j'adore ta couleur !

— Moi, j'adorerais avoir ton blond, mais cette nuance cuivrée, c'est plus mon rôle, j'imagine.

— Et c'est quoi ton rôle ?

— La blonde ténébreuse !

Elles éclatèrent de rire toutes les deux, tandis que Pearl continuait d'engouffrer les canapés avec une distinction toute relative.

Puis la vieille coiffeuse de la Metro-Goldwin-Mayer rangea soigneusement les flacons usagés dans son cabas, rajusta son bibi, salua Simone, embrassa chaleureusement Marilyn et quitta le bungalow de la même démarche importante.

— Tu sais, Simone, j'ai beaucoup de respect pour cette femme... Elle me touche incroyablement.

Les deux amies s'étaient assises dans le salon. Simone feuilletait *Variety* tandis que Marilyn se vernissait les orteils d'un geste expert.

— Je comprends. C'est un drôle de numéro !

— Tu vois, tout le monde l'a oubliée et pourtant, c'est elle qui se cache derrière la blondeur de Jean Harlow. Ce n'est pas rien ! Jean Harlow ! Cela m'arrache l'âme de penser à ce que fut sa vie et à ce qu'elle est aujourd'hui. Peut-être suis-je égoïste... Peut-être que je ne fais appel à elle que pour prendre une sorte d'assurance sur l'oubli, pour exorciser cette angoisse qui transpire ici... Ça ne te fait pas peur, toi, je ne sais pas, que tout finisse ?

— Oh, je crois que je préfère ne pas y penser. Mais moi, tu sais, je ne suis pas comme toi...

Simone referma son magazine et le déposa près d'elle sur le canapé.

— Que veux-tu dire ?

— Eh bien, toi, tu es une star... C'est un statut que je ne crois pas pouvoir jamais atteindre et si par hasard, l'opportunité se présentait, je ne saurais pas le tenir. C'est au-dessus de mes forces. Il me semble que ce doit être un fardeau écrasant et je suis bien trop paresseuse pour cela.

— Tu le regrettes ?

— Je dis toujours non, mais oui, je le regrette d'une certaine façon... Passons à autre chose, si tu veux bien, je n'aime pas parler de ça.

— Tu devrais, c'est bon de parler, surtout des choses qui pèsent. Dis-moi... Oh, zut, j'ai bavé...

Elle essuya le petit pâté de vernis corail du bout de l'index.

— C'est que je crois qu'il me manque quelque chose... Quelque chose que tu possèdes.

Marilyn partit en trottinant vers la salle de bains chercher du dissolvant.

— Vas-y, dis... Je t'écoute !

Simone haussa la voix.

— Une sorte de qualité... oh, ça me gêne, vraiment... Bon, je me lance, mais tu ne te moqueras pas de moi ? Tu ne m'en voudras pas ?

— Mais, non, tu es folle !

Elle venait de se rasseoir sur le sofa avec ce qu'il fallait pour réparer sa bavure. La position qu'elle prenait pour atteindre son pied faisait bailler l'échancrure de son peignoir et dévoilait ses seins qui venaient s'écraser contre ses cuisses. Simone ne pouvait s'empêcher de les regarder.

— L'odeur d'acétone ne te dérange pas trop ? Je suis si maladroite aujourd'hui… Tu disais ?

— Eh bien… Voilà : il me manque une qualité sexuelle. Je n'attise pas le désir. Et je crois que cela blesse encore plus la femme que l'actrice. Et puis, je me sens vieille. D'ailleurs, c'est peut-être lié… Tu vois, Yves et moi, nous avons le même âge, mais il y a en lui une sorte de rayonnement à présent que je ne constate pas chez moi… J'avoue que je trouve cela injuste… Oh, je me sens tellement honteuse de te dire tout ça.

— Tu crois que c'est mieux de le penser en pleurant devant sa glace ? Parce que c'est ce que tu fais, bien sûr, toutes les femmes font cela…

— Tu fais ça, toi ?

— Je me regarde tout le temps dans la glace, mais pour pleurer, je préfère m'éloigner… Ah ! ah ! ah ! Si tu savais les numéros que je me fais devant le miroir ! En pleureuse, je ne suis pas mal non plus. Mais chut ! c'est un secret. Pleurer, ce n'est pas mon registre ! Moi, je suis la blonde drôle et sexy !… Bon, on finit les trois malheureux toasts que nous a laissés cette chipie de Pearl et on se fait belle pour sortir ? J'ai envie de frimer avec une actrice à oscar !

— Attends, ce n'est pas encore fait !

— *Anyway*, c'est tout comme, crois-moi ! Ah ! ah ! ah ! Et tu verras, après, tout va changer. Tu seras une star, que tu le veuilles ou non !

Simone approcha le petit miroir à main de son visage.

— Alors, tu aimes mes cheveux comme ça ?

— Oui, j'adore ! Tu es belle comme tout ! Attends, j'ai quelque chose pour toi…

Marilyn disparut à nouveau, les doigts de pieds maintenus en éventail par de petites boules de coton multicolore, puis, quelques instants plus tard, revint dans le salon les mains derrière le dos.

— Tu me caches quelque chose ?

— Plus pour longtemps…

Elle ramena les bras et tendit à Simone une ravissante boîte enrubannée de rose.

— Ouvre, c'est pour toi !

— Oh, il ne fallait pas…

Niché au cœur d'un papier de soie vert tendre se trouvait un petit carré de mousseline champagne. Simone le noua autour de son cou.

— Oh, merci, Marilyn, merci beaucoup. C'est une attention exquise. Il est magnifique, ce foulard.

— Ce n'est pas grand-chose. Mais je voulais te remercier.

— De quoi ?

— De tout. Je n'imagine pas vivre ici sans vous deux. Nos dîners, nos soirées… C'est tellement précieux, votre présence. Je me sens aimée, entourée. Cela me rassure énormément. Tu sais, entre Arthur et moi, c'est difficile.

— C'est comme ça les couples, merveilleux, difficile...

— Tu dis ça parce que ton couple est une réussite. Cela crève les yeux... Tu as tout, toi. La reconnaissance professionnelle, un mari qui t'aime et te respecte... Tu es une femme bien.

— Mais toi aussi, tu es une femme bien !

— Je ne sais pas, je ne crois pas... Une histoire de « qualité sexuelle » comme tu dis... En vérité, je n'ai aucune confiance en moi. Je m'expose, je me donne, je minaude, c'est mon rôle... Une fille comme ça ne vaut pas grand-chose... C'est même pire. Je suis une tricheuse...

— Une tricheuse ?

— Oui, faux nom, faux visage, faux sentiments... La fille coquine et gaie qui s'appelle Marilyn Monroe, je dois la fabriquer tous les jours. Et puis... si tu savais à quel point je déteste ce nom ! Ce sont eux qui l'ont choisi...

— Eux ?

— Les studios... Je me souviens très bien de ce jour-là. Ils l'essayaient devant moi, le faisaient rouler comme un bonbon dans leur bouche.
Mar-i-lyn Moooon-roe... Je les regardais et c'était comme si je pouvais sentir leurs langues contre la mienne.

Son regard s'échappa un instant.

— Oui, ils ont choisi ce nom parce que le prononcer, c'était comme rouler une pelle.

— Tu exagères.

— Oh non… Mais le pire, c'est que ce jour-là, j'ai dit adieu à Norma Jean comme si Norma Jean n'était rien.

— C'est ton nom de baptême, n'est-ce pas ?

— Oui… Parce que ma mère était fan de Norma Talmadge. Mais je déteste parler de ma mère… Tu vois, Simone, j'en suis arrivée au point où je suis fatiguée, je veux dire réellement fatiguée. Et tu sais ce qui me pompe toute mon énergie ? C'est de devoir justifier à chaque instant qui je suis parce que qui je suis n'existe pas, c'est juste une putain d'invention. Tout est déguisement chez moi, mon corps, mon nom, mon visage… Seul le succès me justifie. Alors, tu vois, parfois, j'ai peur que tout s'arrête et parfois, je ne veux qu'une chose : QUE TOUT S'ARRÊTE.

— Tu ne devrais pas dire ça… Tu fais un métier formidable, non ?

— Formidable ?

— Moi, je trouve que c'est un métier merveilleux, les tournages, c'est toujours un peu les grandes vacances et puis il y a les amis…

— Les amis ?… Sans doute.

Simone lui sourit tendrement.

— On dirait que tu comprends à peine de quoi je veux parler…

— En fait, je ne vis aucune des choses dont tu parles. Pour ce qui est des amis, je crois que le seul véritable ami que je possède dans ce métier, c'est Marlon Brando… Oh, bien sûr, il y a des gens gentils, agréables, mais je crois qu'il n'y a que lui sur qui je puisse vraiment compter. Quant aux tournages, tu sais, chaque fois que j'entends « Moteur », j'ai juste envie de m'enfuir

— Oui, mais tu ne t'enfuis pas. Ça s'appelle le trac, ça va avec le métier. Et puis, regarde, tu es merveilleuse à l'écran, tu peux faire tout ce que tu veux...

— Tu parles ! Excuse-moi de te dire cela, et je sais qu'Yves fera des merveilles, mais le film de Cukor, c'est de la merde. Le scénario ne vaut pas un clou, même si Arturo a fait ce qu'il a pu pour l'améliorer. Pourtant, ce navet, je dois le faire, c'est dans mon contrat. Le rôle d'Amanda, je l'ai déjà joué mille fois ! Sans doute ne me croit-on pas capable d'autre chose... Oui, le succès... Seul le succès me range dans une autre catégorie que celle des monstres...

À peine avait-elle fini sa phrase qu'elle fit une grimace de gamine et explosa de rire.

— Ma vie, quoi !

— J'aime mieux te voir sourire.

Elle regarda Simone et murmura :

— Je sais...

Murmura si bas que Simone ne l'entendit pas. Simone qui s'en voulait un peu d'avoir voulu faire l'article à son amie, elle qui n'était pas si sûre de croire à ce qu'elle avait dit. Elle resserra le nœud du carré de mousseline autour de son cou. Puis Marilyn retira une à une les boules de coton qui séparaient ses orteils et s'approcha.

— Il te va très bien... Vraiment.

— Tu es gentille.

— J'aimerais être à ta place... Oui, Simone,

il me semble que j'aimerais être une femme comme toi.

Elle passa une main douce sur le cou voilé de mousseline de son amie.

— J'espère que tu le porteras en pensant à moi.

7
L'inquiétude

Ils étaient tous les trois fascinés par ce visage. Elle suivait la conversation sans voir qu'ils la dévisageaient, chacun avec leurs raisons. La tête appuyée sur la main, elle souriait, ne parlait pas, les écoutait avec intérêt. La fatigue libérait quelque chose en elle. La fatigue la rendait à elle-même, remisant Marilyn. Miller s'enflammait dans un échange hautement politique avec les deux interprètes français de ses *Sorcières de Salem*.

Montand décrocha quelque peu. Il ne pouvait s'empêcher de penser au tournage et à cette langue anglaise imprononçable qui lui demandait tant de travail. Il sentit monter d'un coup en lui une angoisse lancinante et regarda sa future partenaire, ses yeux bleus incroyables, la ligne douce de ses épaules, les bretelles noires de sa robe au profond décolleté qui rentraient dans la chair de ses bras comme si elle avait été attachée à sa chaise par une corde. Elle était vraiment très séduisante, mais il redoutait le moment de tourner avec elle. Leur premier jour de travail commun approchait et le bruit de ses absences et de ses retards était venu bourdonner jusqu'à ses oreilles. On disait qu'elle ne s'était pas présentée à son premier jour de tournage, qu'elle n'avait prévenu que la veille au soir, que ce petit jeu s'était répété pendant près d'une semaine, obligeant Cukor à changer son planning pour mettre en boîte les scènes où elle n'apparaissait pas. Une semaine d'absence injustifiée, il trouvait cela à peine croyable. Il fallait qu'elle soit sacrément culottée ou capricieuse ou les deux pour se permettre un tel comportement et cela n'était pas pour le rassurer, lui qui était pétri de peur à l'idée de devoir s'exprimer dans une langue qu'il ne maîtrisait pas et dans un rôle que le Tout-Hollywood masculin avait refusé. Cependant, dans le court instant de ce regard, il trouva un certain réconfort à se reposer sur le dessin de ce beau visage, dans la chaleur innocemment sexuelle de ce corps fatigué, lourdement appuyé contre la table. Culottée et capricieuse… Pourtant, aucun de ces deux adjectifs ne convenait à la femme qu'il côtoyait à l'hôtel et qui lui faisait face à présent. Il avait sans doute tort de s'inquiéter et d'accorder du crédit à ce qui n'était, peut-être, qu'un ramassis de rumeurs fielleuses et malveillantes. Les femmes comme elle provoquaient souvent ce genre de choses… Il eut un léger sourire en pensant au couple qu'elle formait avec Arthur Miller. La blonde et l'intellectuel… Comme lui et Simone, mais à l'envers.

Arthur Miller semblait intarissable sur le FBI, MacCarthy, ses projets d'avenir et la géopolitique mondiale… Simone, qui avait ardemment débattu avec lui, n'intervenait plus depuis quelques instants, se contentant de tâcher de suivre consciencieusement la conversation. Elle opinait de la tête quand il fallait, mais n'était qu'à moitié avec lui, cachant comme elle pouvait une nervosité qui ne cessait de monter. Elle se sentait mal à l'aise. Elle avait surpris un regard. Juste un bref regard. Mais qui disait, elle en était sûre, que ces deux-là se plaisaient, comme peuvent se plaire un homme et une femme. Alors, pour elle, tout avait changé en un instant. Les couleurs, le sentiment et jusqu'au goût du vin qu'ils partageaient. Elle se mit à entendre de façon de plus en plus lointaine la conversation. Elle pensait à des choses désagréables, se sermonnait, luttait pour chasser un mauvais goût de mélancolie qui commençait à envahir sa bouche. Elle regarda Marilyn. Les bretelles de sa robe avaient glissé, découvrant ses épaules rondes et blanches. Elle, portait un petit pull à col roulé qui se mit soudain à la gratter autour du cou. Ce décalage vestimentaire, qui en disait long sur la différence qui existait entre elle et sa voisine, lui procura une sorte de sourire. Mais qui se révéla impuissant à dissiper l'inquiétude. Puis Marilyn se leva et vint tendrement poser sa tête contre celle de son mari. Arthur fut surpris de la tendresse de ce geste, lui qui depuis l'incident du début d'année n'avait toujours pas pu vérifier si l'état de la bouche de sa femme présentait une quelconque amélioration. Mais après tout, cette chasteté imposée, il y consentait, elle convenait au rythme actuel de son travail, ce scénario qu'il reprenait pour la énième fois, comme un forçat. Les choses s'arrangeraient. S'arrangeraient ? Pourquoi pas, si elle était encore capable de s'abandonner, ne fût-ce qu'une seconde, contre son épaule... Il avait envie d'espérer ce soir. Et il déposa un baiser, qu'elle ne refusa pas, entre ses deux seins.

L'apéritif prenait fin.

— Arturo, je crois qu'il est temps que Simone et moi disparaissions dans la cuisine. Tu viens, Simone ?

Simone se leva.

— Attention, les gars, ça va faire mal !

— Pas trop, j'espère !

— Tu as raison, Yves, je me demande si c'est bien raisonnable de les laisser comploter toutes les deux en cuisine...

— Et qu'on ne vous y voit pas ! C'est une surprise, n'est-ce pas Simone ?

— Oui, Marilyn, une délicieuse surprise ! Mais chut !

Et les deux femmes rejoignirent la kitchenette avec des airs de starlettes malicieuses.

Ce soir, elles avaient décidé d'épater leurs hommes en leur préparant elles-mêmes des spaghettis. Dans la petite cuisine, les deux épouses pouffaient en partageant leur science culinaire.

— Tu n'as pas peur que ça fasse trop, Marilyn ?

À cet instant, la voix d'Arthur retentit depuis le salon.

— Dites donc, elle sent l'ail votre surprise !

— Gnagnagna, mon chéri ! Et puis, c'est bon pour ce que tu as, mon amour !

— C'est-à-dire ?

— Peur de te faire sucer le sang par les vampires d'Hollywood ! Ah ! ah ! ah !

Les rires de la cuisine et du salon se mélangèrent.

— Tu as l'air étonnée, Simone.

— Je ne me doutais pas que tu savais cuisiner.

— Ça t'étonne à ce point-là ?

— Un peu, oui, une femme comme toi... Une star, je veux dire...

— Tu me trouves plus dans mon rôle quand je me fais les ongles de pieds ?

— Ah ! ah ! ah ! J'avoue, oui !

— Mais si tu savais comme je fais bien la vaisselle ! Ah ! ah ! ah ! J'ai appris ça à l'orphelinat et on était presque cent, tu imagines ! Pour les pâtes, je dois tout à un mariage raté avec un joueur de baseball d'origine italienne. Je l'aimais du fond du cœur, mon Joe, mais lui, il ne supportait pas mon métier. Enfin bref...

— Pareil pour moi, à l'exception – je croise les doigts – du côté « mariage raté »... J'ai tout appris dans la famille de mon mari.

— Alors, tu crois qu'il va les aimer ton Yves, mes spaghettis à l'ail ?

— Il va les adorer !

— Dites donc, les femmes, ça vient ce dîner ? On meurt de faim ici !

— Ça arrive, ça arrive !... Simone, tu veux bien surveiller les pâtes un instant, je vais débarrasser...

Marilyn se saisit de quatre assiettes creuses et se dirigea vers le salon.

— Marilyn ?

— Oui, Simone ?

— Non, rien…

Marilyn sourit à son amie française et abandonna la kitchenette pour rejoindre les hommes qui avaient repris leur discussion en attendant le dîner.

Dans la vapeur qui s'élevait de la grande gamelle, Simone dispersa quelques larmes.

8
L'acrimonie

— Tu devrais avoir honte de toi ! Comment oses-tu ne pas savoir ton texte ? Comment oses-tu arriver en retard ? Tout le monde se plaint de toi ! Le chorégraphe en a plein le dos. Tu es infernale avec lui…

— Jack ? C'est Jack qui t'a dit cela ?

— Peu importe…

— Jack n'a pas pu te dire cela !

— Ne fais pas semblant de ne pas te rendre compte de ton comportement. Jack Cole, Cukor ou Machin Chose… tu es odieuse avec toute l'équipe ! Tu te conduis en parfaite égoïste. Tu crois quoi ? Que tu peux impunément faire chier le monde ? Tu te prends pour qui ?

— Je t'emmerde ! Du plus profond de moi, je t'emmerde. Ce film, je le fais parce qu'il faut bien que quelqu'un ramène de l'argent dans cette foutue baraque… Je fais la pute pour que Monsieur puisse faire l'artiste ! Évidemment, là, tu ne dis rien parce que tu sais que c'est la vérité.

— Je ne dis rien parce qu'il n'est plus possible de se parler décemment.

— Mais je n'ai jamais été décente, mon amour… *Anyway*, tu as raison. Pas de scène de dialogue possible dans le navet que nous tournons depuis que nous sommes mariés. Toi et tes airs… Je me sens rabaissée dès que je suis près de toi.

— C'est ton problème.

— Vas-y, développe !

— Tu es une actrice qui vieillit et qui n'a jamais su vivre avec sa peur.

— J'ai trente-quatre ans, certes, mais si tu crois que c'est un problème, tu te goures… et gravement ! L'âge ne me soucie pas. J'aime bien la vue que j'ai d'ici, finalement. Le futur m'appartient et je veux en faire quelque chose de bien.

— Tu t'y prends bien mal…

— On ne peut pas dire que tu m'aides beaucoup, Monsieur l'esprit supérieur !

— C'est toi et uniquement toi la responsable ! Tu fous tout en l'air ! Et tu le fais avec un tel acharnement que c'en est effrayant !

— Ça y est ? Tu as fini ton cirque ?

— Oui, tu as raison, je perds mon temps, je ferais mieux de me taire.

Elle s'éloigna en haussant les épaules et arrivée au seuil de la pièce, se retourna pour lui lancer d'une voix d'un calme qui lui donna le frisson.

— Une dernière fois, Arturo, lâche-moi avec mes retards et mets-toi bien ça dans le crâne : moi aussi, j'attends, j'ai même attendu toute ma vie.

Elle abandonna son mari sur ces mots, quitta la chambre et rejoignit le salon. Là, elle s'installa confortablement sur le sofa puis saisit le téléphone posé près de la lampe et le coinça entre ses cuisses. Elle composa ensuite un numéro qu'elle connaissait par cœur.

— Docteur Greenson ?

WESTERN UNION TELEFAX
L LL 8452 PD = LOS ANGELES CALIF 4
721 PUP =
MRS ARTHUR MILLER
BEVERLY HILLS HOTEL BEVERLY HILLS
CALIF

L'UNIVERS ÉTINCELLE DE MIRACLES MAIS AUCUNE ÉTOILE AU FIRMAMENT NE BRILLE AUTANT QUE TOI — SOUVIENS-T'EN QUAND TU T'ENDORMIRAS CETTE NUIT. DEMAIN SERA UNE FÊTE IL NE PEUT EN ÊTRE AUTREMENT - AVEC TOUT MON AMOUR

JACK COLE

9
La complicité

Un morceau de papier tomba à terre quand Marilyn se releva pour quitter la loge. Elle ne le remarqua pas et passa la porte en souriant à son partenaire qu'elle frôla imperceptiblement. Il attendit que la silhouette en justaucorps noir disparût et ramassa le papier. Il le lut lentement, agacé de son mauvais anglais qui lui demandait tant d'efforts.

De quoi ai-je peur ? Pourquoi ai-je si peur ? Tu crois que je suis incapable de jouer ? Je sais que j'en suis capable, mais j'ai peur. J'ai peur et je ne devrais pas et je ne dois pas, il ne faut pas.

Il ne saisissait pas exactement tous les mots, mais un, cependant, lui était douloureusement clair. Lui aussi avait peur. Il était terrorisé même. Il avait la sensation de jouer gros. Sa gorge se serra. Et se serra un peu plus encore en pensant qu'elle avait écrit ça, elle, la star qui depuis six ans tenait la tête du box-office.

Yves replia la petite feuille de papier et la posa sur la tablette entre les tubes et les pots de maquillage.

C'était leur premier jour de tournage ensemble. Une certaine nervosité les animait qui ne devait pas seulement au trac ordinaire des comédiens mais aussi à cette tension sensuelle qui avait augmenté entre eux, cette camaraderie qui aimait les frôlements impromptus et les demi-sourires.

Cukor avait décidé de tourner dans l'ordre. On commencerait donc par le dialogue de la rencontre. Marilyn se faisait attendre. Dans son coin, Montand, mort de peur, profitait de ce délai pour répéter à voix basse la prononciation de ces « th » qu'il avait tant de mal à articuler correctement. Un assistant s'approcha.

— Excusez-moi, Monsieur Montand, mais vous ne sauriez pas où est Marilyn ?

— Elle vient de quitter sa loge. Je croyais qu'elle se rendait sur le plateau.

— Elle n'y est pas… Bon, merci quand même. Dès qu'elle est là, on y va. C'est OK pour vous ?

— Oui, oui, je suis prêt.

Puis le justaucorps noir traversa l'horizon et toute l'équipe se mit en place en un instant. Marilyn et Montand étaient à leurs marques. Tandis qu'on ajustait les derniers réglages, elle se pencha à l'oreille de son partenaire pour lui glisser en s'excusant :

— Tu vas voir ce que c'est que de tourner avec la pire actrice du monde !

Il lui sembla n'entendre que les « th » résonner dans sa phrase et il chercha ses mots, un temps qui lui sembla interminable, pour lui répondre.

— Si je comprends bien, tu as peur… Mais pense un peu à moi. Je me sens complètement perdu…

Elle lui fit ce ravissant sourire qui consolait en un instant.

— Oh… vraiment… je n'imaginais pas…

— Penses-tu donc être la seule dans ce monde à avoir peur ?

Elle sourit une nouvelle fois. Elle se sentait soudain plus légère. Lui, l'Européen, l'acteur sérieux, le chanteur qui avait triomphé à Broadway, avait peur ? Elle se sentit délivrée par cet aveu, proche de lui soudain, avec un sentiment tranquille et doux. Décidément, cet homme lui plaisait.

Tout était prêt. Elle se mit un crayon de papier entre les dents, comme cela était prévu dans le scénario – Amanda, son personnage, révisant entre deux répétitions pour ses cours du soir. Lui regagna la scène du cabaret avec, à la main, le pull bleu qu'elle portait sur un collant noir et qui lui couvrait à peine les fesses dans la prise précédente, celle où elle chantait *My Heart Belongs to Daddy*, et qu'il était sensé lui rendre.

— Silence demandé… Moteur…

— Non, je ne suis pas prête… Excusez-moi, j'ai besoin d'un raccord…

— Maquilleur !

Allan Snyder se précipita. Il donna quelques coups de pinceaux en lui murmurant des mots rassurants.

— C'est bon pour le maquillage ?

— C'est bon !

— Silence… Moteur…

— J'ai besoin d'un verre d'eau… Je suis désolée, Yves…

— Mais je t'en prie.

Un assistant arriva avec un gobelet. Toute l'équipe jetait des regards en coin vers le réalisateur mais Cukor ne montrait aucun signe d'énervement. Il attendait le moment avec concentration et une pointe de fatalisme qu'il parvenait à dissimuler. Il avait l'expérience des actrices « difficiles », comme on disait poliment.

— Silence demandé… Moteur…

Cukor se raidit imperceptiblement, comme s'il s'attendait à entendre la petite voix de sa vedette demander le coiffeur, l'habilleuse ou quoi que ce soit qui serait le prétexte à différer l'instant de jouer. Mais ce coup-ci semblait le bon.

— Ça tourne !

— Et… ACTION !

C'était parti.

— Vous êtes vraiment français, hein ?

— Oui… Vraiment français.

— Vous vivez ici ?

— Je fais l'aller et retour. Ma famille est plutôt transatlantique…

— Oh… Pour le rôle, c'est très bon… Vous savez, ils vont en faire un parfait idiot de ce type.

— De qui ?

— Clément !

La voix de Cukor retentit dans le studio.

— Coupez !

Il quitta son fauteuil et s'approcha de ses deux vedettes.

— Vous êtes très bien tous les deux, vraiment, très bien, votre couple fonctionne à merveille, mais je voudrais que vous y ajoutiez un petit quelque chose...

Montand ne quittait pas Cukor des yeux, appliqué à comprendre chaque indication. Il n'avait pas d'illusion sur l'intérêt de son rôle, mais ce genre de considération ne valait plus à présent. Il fallait travailler, et il le faisait d'arrache-pied. Comme s'il s'agissait du rôle de sa vie. Clément était un personnage plat et peu consistant. S'il réussissait à lui donner un tant soi peu de charme et de présence, il aurait réussi son coup.

— Bon, remettez-vous en place, on va la refaire.

Après une bonne dizaine de prises, on annonça une pause et Marilyn et son partenaire se retrouvèrent autour d'une tasse de thé fumante.

— Tu ne sais rien de moi, n'est-ce pas ? Tu n'as jamais vu mes films ?

Il sourit en confirmant d'un mouvement de la tête.

— Pas même un ? Pas même *Sept Ans de réflexion* ?

Il répéta son geste. Elle éclata de rire.

— Tu sais, Marilyn, c'était pareil avec Simone. Quand je l'ai rencontrée, je n'avais vu aucun de ses films... et je crois bien que ça l'a amusée aussi.

Il sourit en repensant à un certain après-midi d'août, au vin blanc qui lui tournait un peu la tête à la terrasse de la Colombe d'Or où il se sentait si bien avec cette fille, cette Simone, qu'il avait trouvée, la veille, trop maquillée et trop bruyante. Il se revoyait lui saisir le poignet en la complimentant amoureusement sur la finesse de ses attaches. Elle avait souri et balbutié des paroles incompréhensibles. Lui ne cessait de la regarder derrière la fumée de sa cigarette. Le café était bon et il aurait voulu que cet instant dure toujours...

— C'est vrai ? Donc, en gros, tu ne sais rien de moi. J'adore ça ! Oh, oui, j'adore ça... Ça te dirait que je te résume l'histoire de la blonde qui te donne la réplique ? Tu vas voir, c'est impayable !

Elle riait. Aucun plan du film de sa vie, pourtant, ne ressemblait à une comédie.

— Il était une fois une orpheline qui ne l'était pas, vu qu'elle avait son père et sa mère, sauf que le père avait filé à l'anglaise et que la mère ne pouvait l'être, mère, à cause de troubles mentaux récidivants. Pour échapper à cette sordide enfance, la jeune fille apprit à écarter les jambes et Hollywood lui ouvrit les bras... Impayable, non ? Le milliardaire Jean-Marc Clément est toujours amoureux d'Amanda après ça ?

— Oui, toujours, il est comme ça Clément. Tant qu'il n'a pas ce qu'il veut... Quant à Yves, il en a vu d'autres...

Il lui sourit tendrement puis il reprit.

— Amanda et Clément, ce sont deux planètes différentes, c'est vrai, mais toi et moi... Toi et moi, on est pareil. On sait d'où l'on vient. Et cet endroit, ce n'était pas de la tarte. Rien n'y était gagné d'avance.

— Tu oublies l'essentiel : la peur.

— Oui, la peur... Mais si nous avons si peur, c'est parce que c'est important, je veux dire là où on est arrivé. On y tient, on veut être légitime, parce que notre naissance ne suffit pas, tout le contraire. Alors, on travaille dur pour ne pas retourner à ce que l'on a quitté. Tu sais tout ça...

Elle regarda dans le vague, pensive.

— Ce que l'on a quitté et qui toujours nous rattrape...

La pause était finie. On les attendait sur le plateau.

L'assistant demanda le silence, puis les choses s'enchaînèrent selon la règle jusqu'au mot action sans que, cette fois-ci, Marilyn ne trouve prétexte à différer le moment de se jeter à l'eau. C'était lui qui commençait.

— C'est curieux, mais mon nom surprend les gens parfois.

— Pourquoi ? Quel est-il ?

— Alexandre...

— Vous n'êtes pas Alexandre Dumas ?

— Vous connaissez Alexandre Dumas ?

— Le prof en a parlé. C'est l'auteur des *Trois Mousquetaires*. C'est un nom que j'aime bien !

— Je suis vraiment ravi qu'il vous plaise.

— Alexandre Dumas ! C'que le monde est petit !

— Oh, c'est un nom qui est très commun en France.

— Coupez ! On se remet en place...

Le soir, ils sortirent dîner en ville tous les quatre, chez Romanoff. Le propriétaire les accueillit chaleureusement et les installa à l'une de ses plus belles tables.

— Mon mari et moi avons passé la soirée du nouvel an dans ce restaurant. C'était tout bonnement inoubliable !

— Tu m'étonnes ! Et pas parce que j'étais là, tu parles ! Mais parce que Simone a été invitée à danser par Gary Cooper, rien que ça !

— Qui ne dansait pas très bien, si je puis me permettre, mon chéri...

Marilyn s'exclama :

— Gary Cooper ! Oh, je l'adore !

Puis elle pensa que si elle avait été là, à la place de Simone, Gary Cooper ne l'aurait jamais invitée à danser.

Miller semblait bien s'amuser dans ce rade chic du tout Hollywood, lui qui, pourtant, évitait comme la peste les sorties en ville.

— Ce Mike Romanoff, quel escroc sympathique !

— Pourquoi dis-tu cela, Arthur ?

— On ne vous a pas mis au parfum ? Eh bien, il prétend être le prince Michael Dimitri Alexandro Machin Chose, neveu de Nicolas II. Tu parles ! En fait, il arrive tout droit de Brooklyn, comme moi, et son vrai nom est Harry Gerguson. Bref...

— Bienvenue à Los Angeles !

Marilyn eut un fou rire.

— C'est pareil avec moi ! Je prétends m'appeler Marilyn, être blonde et de surcroît actrice ! Ah ! ah ! ah ! Oui, Yves, comme tu dis, bienvenue à Los Angeles !

Les trois autres rirent avec elle.

Ils dînèrent rapidement, les deux acteurs du film de Cukor avaient besoin de repos, puis rentrèrent en limousine à l'hôtel. Dans la voiture, tandis que Simone poursuivait sa discussion avec Arthur, Marilyn se pencha à l'oreille de Montand.

— Tu sais, Cukor n'est pas un très grand réalisateur...

— Tu ne devrais pas dire ça, ce n'est pas juste. C'est un grand et puis, il aime les actrices. C'est une bonne chose, ça, enfin pour toi... Tu ne devrais pas t'inquiéter, tu connais ton métier, tu es belle, mais c'est toujours la même chose, et excuse-moi par avance si ce que je vais dire te froisse, mais je crois que tu as tout simplement peur de jouer.

— Ça ne me froisse pas puisque c'est vrai... Mais je ne sais pas comment faire... Rien ne me rassure.

— On devrait répéter...

Elle laissa aller sa tête en arrière contre la banquette, ne dit rien pendant un moment puis se tourna de nouveau vers Yves et le fixa avec un visage d'une immobilité inhabituelle.

— Oui, tu as raison, peut-être qu'il nous faut des répétitions. Tope-là, *partner, you've got a deal* !

Les deux complices se tapèrent dans les mains comme des collégiens.

— Qu'est-ce que vous complotez, vous deux ?

— Arturo chéri, nous mettons au point une tactique imparable. Cukor n'a qu'à bien se tenir !

— Ah, mon amour, vous les vedettes de cinéma...

Simone lui donna un coup de coude affectueux.

— Attention, Arthur, tu ne fais pas le poids, c'est trois contre un !

— Mince, Simone, j'avais presque oublié ! Mais cette voiture est pleine d'acteurs ! Pauvre de moi ! Au secours, chauffeur, je veux descendre !

Miller avait passé une excellente soirée et se sentait enclin au sourire.

— Tu sais quoi, mon chéri, tu es bête mais tu me fais rire.

— C'est déjà ça.

Yves et Marilyn avaient trouvé un remède à leurs angoisses respectives. Des angoisses que leurs conjoints ne comprenaient pas tout à fait.

Chaque jour, après leur journée de tournage, dans le bungalow de l'un ou de l'autre, ils s'asseyaient face à face et répétaient longtemps, elle s'appliquant à lui corriger son anglais, lui l'aidant à trouver le plus de confiance en elle possible. Il la regardait beaucoup aussi, son Amanda, sa Marilyn, à peine maquillée, dans son pantalon à carreaux, sa chemise blanche entrouverte sans malice mais profondément, ses cheveux en bataille retenus par un large bandeau, se perdant par moments dans ses yeux bleus auxquels il ne s'habituait pas, des yeux si limpides, si constamment limpides...

10

L'égarement

— Oh, je sais, vous savez... C'est toujours pareil... Toujours la même histoire quand je viens ici. D'abord, il y a vous, le docteur et moi, la patiente. Deux fauteuils et le bureau entre les deux. Et moi qui essaie de répondre à vos questions... Oh ! bien sûr, vous, vous diriez sans doute que c'est vous qui essayez de me faire répondre à mes propres questions... Vous souriez...

— Je vous écoute... J'attends de voir où vous voulez en venir.

— À ça... Vous me répétez sans cesse : « Je veux que vous disiez tout ce qui vous passe par la tête. Peu importe ce que c'est. » Mais la patiente ne pense rien. L'esprit foutu vide. Alors, en rentrant chez elle, elle pleure, la patiente, en pensant : « Ça ne sert à rien, c'est ma faute. »

— Mais il faut...

— Non, laissez-moi, je voudrais continuer... Vous êtes le seul, oui, la seule personne qui connaîtra jamais les pensées les plus privées, les plus secrètes de Marilyn Monroe.

Et je voudrais ajouter une chose : la patiente a une confiance absolue dans son docteur.

Elle s'interrompit et, du bout du pied, enleva ses escarpins, de beaux escarpins de cuir crème. Puis elle frotta ses orteils les uns contre les autres.

— Vous savez, docteur Greenson, ce que je vous dis, c'est la vérité. Je ne vous mens jamais à vous. Je sais ce que vous voulez, vous voulez ce que vous appelez « association libre ». Vous me demandez ça sans arrêt…

Du bout des orteils, elle faisait rouler ses escarpins, à droite puis à gauche puis à droite.

— Et ça me rend folle…

Le docteur Greenson se racla la gorge et griffonna quelques mots sur un petit bloc de papier.

— Et là, par exemple, là tout de suite, à quoi pensez-vous ?

— Si vous y tenez… Je pense à ma grand-mère, à ma mère. Je me souviens… J'étais très petite, vraiment très petite. C'était l'après-midi. Je me rappelle m'être réveillée de ma sieste et avoir lutté pour ma vie… La grand-mère pressait quelque chose contre mon visage. Probablement un oreiller. Je me souviens très bien. Je luttais de toutes mes forces… Après, je ne sais plus ce qui s'est passé. Je crois que la voisine est arrivée. Je n'aimais pas la voisine…

— C'est la première fois que vous me racontez cela… Pensez-vous que vos problèmes de sommeil soient liés à ce souvenir ?

— Je n'en sais rien… Mais je ne veux pas faire d'association libre à mon sujet maintenant.

— De quoi voulez-vous parler ?
— Je veux reparler de l'orgasme.
— Nous avons évoqué ce sujet à de nombreuses reprises et je vous ai déjà dit ce qu'il en était...
— Oui, je sais et je me souviens très bien de tout ce que vous m'avez expliqué, qu'un orgasme, c'est dans la tête, pas dans les parties génitales... Vous m'avez dit aussi qu'une personne dans le coma ou paraplégique ne peut pas avoir d'orgasme parce que la stimulation de ses parties génitales n'atteint pas son cerveau, qu'un orgasme pouvait avoir lieu dans le seul cerveau, sans aucune stimulation des parties génitales... Bref, je n'ai jamais eu d'orgasme.

Elle leva la tête qu'elle maintenait à demi baissée, le regarda droit dans les yeux et répéta avec quelque chose comme du défi :
— Je n'ai jamais eu d'orgasme.
— Oui, vous me l'avez déjà dit... Et ? Vous voulez m'en reparler apparemment, alors qu'avez-vous à me dire de plus à ce sujet aujourd'hui ?
— Je voulais vous dire que je préfère dire « chatte ». Je préfère les mots grossiers. Je les trouve plus parlants. Je pense que le problème n'est pas dans les mots mais dans la façon dont on s'en sert.
— Oui... et ?
— En fait, c'est vous qui voulez toujours parler de mon incapacité à avoir des orgasmes. Vous dites qu'il y a un obstacle dans mon esprit qui m'empêche d'avoir des orgasmes. Que c'est quelque chose qui s'est passé au

début de ma vie et dont je me sentirais coupable. Tellement coupable que je ne me permettrais pas de ressentir le plus grand plaisir qui soit sur cette terre. Que ça aurait à voir avec quelque chose de sexuel qui était très mal, mais dont j'aurais ressenti du plaisir et que c'est cela qui a provoqué de la culpabilité chez moi…

— Oui… et à part ce que moi, je vous dis ?

— Oui et quoi ? Je vous ai déjà raconté ce qu'il en était.

— Vous n'avez vraiment rien d'autre à me dire ?

— Toutes ces années perdues…

— Vous êtes ici pour avancer, Marilyn. Vous n'êtes pas qu'une victime.

Elle jouait toujours avec ses chaussures tandis que Greenson époussetait machinalement son bureau.

— Je vais vous raconter quelque chose, docteur. Un jour, j'ai fait une expérience. C'était une vieille histoire qu'on m'avait racontée un jour, quand ? je ne sais plus, dans mon enfance, celle d'un sultan qui décide un jour de sortir incognito pour savoir ce que ses sujets pensent de lui. Alors j'ai fait comme le sultan. Je me suis déguisée, j'ai mis une perruque brune, des lunettes, je ne me suis pas maquillée puis j'ai pris neuf taxis de suite et j'ai posé la même question aux neuf chauffeurs : « Dites-moi, avec quelle femme aimeriez-vous avoir rendez-vous ce soir ? » Six ont dit Marilyn Monroe. Et à tous, j'ai donné un billet de dix dollars pour la peine.

— Pourquoi me racontez-vous cela ?

— Vous devriez le savoir… J'ai besoin de vous, docteur, pour tout mettre en ordre à l'intérieur de moi. Je pense que cela ne prendra pas plus d'un an. Et puis, je voudrais être votre unique patiente. Je vous paierai pour ça. Vous savez, j'ai prévu de faire la même chose avec Lee Strasberg. Je le paierai pour être son unique élève. Et j'étudierai Shakespeare avec lui, jour et nuit. Il a dit que j'étais capable de jouer du Shakespeare et je lui fais confiance à lui aussi. Puis j'irai voir ce trou du cul de Laurence Olivier pour lui demander l'aide qu'il m'a promise. Je le paierai ce qu'il veut. Puis je produirai et je jouerai dans le Marilyn Monroe Film Festival qui montrera ses pièces majeures à l'écran.

Elle tira doucement sur sa jupe et passa la main sur ses jambes nues.

— Vous savez, j'ai lu tout Shakespeare et j'ai déjà travaillé beaucoup de tirades. Ce que je veux faire en premier, c'est Juliette… *Viens, gentille nuit ; viens, chère nuit au front noir, donne-moi mon Roméo et, quand il sera mort, prends-le et coupe-le en petites étoiles, et il rendra la face du ciel si splendide que tout l'univers sera amoureux de la nuit et refusera son culte à l'aveuglant soleil…* C'est beau, n'est-ce pas ?

— Oui, Marilyn, c'est très beau. Vous avez beaucoup travaillé à ce que je vois…

Elle n'écouta pas sa réponse, elle déroulait son rêve pour demain.

— Bien sûr, il faudra soigner le maquillage, le costume et la lumière, mais c'est surtout mon jeu qui fera vivre Juliette. Je le sais, je le sens intimement, je peux être cette fille de quatorze ans, cette vierge innocente, mais dont la féminité naissante est irrésistiblement sexy.

— Vous pensez à vous en décrivant ainsi le personnage de William Shakespeare ?

— Je ne sais pas, oui, peut-être… Vous savez, je me souviens très bien de mes quatorze ans. Ça a été un moment très important dans ma vie.

— Pourquoi ?

— Quand j'ai eu quatorze ans, tout a changé. Avant, je me sentais à l'écart du monde, mais soudain, tout s'est ouvert. Même les filles de l'école, qui me snobaient jusque-là, se sont mises à faire un peu attention à moi. Je pense que ce n'était pas par pure gentillesse, mais juste parce qu'elles avaient compris que, désormais, j'étais dans la course et qu'il fallait compter avec moi. Ce que je préférais, c'était le trajet jusqu'à l'école. Je l'avais toujours trouvé lamentablement long, vous comprenez, il fallait que je marche cinq kilomètres. Soudain, j'aurais voulu marcher le double de distance ! Je me levais d'un bond tellement j'avais hâte. Tout le long du chemin, chaque véhicule qui passait sur la route me klaxonnait… J'adorais ça ! Alors, je faisais attention, le matin, avant de partir, de bien poser mon rouge à lèvres et je mettais des vêtements plus ajustés… Oui, tout avait changé. Le monde était devenu mon ami… Mais ce n'est pas du passé dont je voudrais parler.

— Je vous écoute…

— J'ai aussi des idées formidables pour *Lady Macbeth*. Et vous savez quoi ? Je suis sûre que je gagnerai l'oscar pour mes interprétations shakespeariennes.

— Vous trouvez injuste de ne jamais en avoir reçu un ?

— Franchement oui, mais, vous voyez, personne ne me prend au sérieux ici. Ils croient tous que je suis une blonde idiote. C'est plutôt drôle parce que je ne suis pas idiote et je ne suis même pas blonde…

— Vous êtes drôle en tout cas…

Le docteur Greenson avait un beau et grand sourire, qui éclaira soudain son visage doux et rassurant. Il se réjouissait à l'idée qu'elle viendrait passer le week-end chez lui, il savait que sa femme et ses enfants seraient ravis. Il pensait schizophrénie, paranoïa, maniaco-dépression. Il pensait que la psychanalyse était toute sa vie… Le docteur Greenson était un médecin enthousiaste et inspiré. Il était persuadé qu'il pouvait aider sa patiente, que le plus important était de la débarrasser de son attachement malsain au passé. La seule chose qu'il n'arrivait pas à contrôler était sa consommation de médicaments… Oui, Marilyn faisait partie de sa vie, il l'invitait souvent chez lui, lui offrait sa famille comme un substitut de celle qu'elle n'avait jamais eue. Il croyait à cette méthode. Croyait dans le médecin qu'il était. Et il adorait l'humour de cette fille irrésistible.

— Oui, c'est vrai, docteur, vous avez raison, je suis drôle. Ah ! ah ! ah ! Enfin, bref, voilà ce que je vais faire. Et c'est à vous, docteur Greenson, que je dois tout ça.

— Vous voulez bien me parler de votre mari ? Comment vont les choses entre vous en ce moment ?

Elle pencha légèrement la tête et d'un haussement d'épaule, se caressa la joue. Elle resta ainsi, le visage parfaitement de profil, comme si le contact de sa peau l'avait entraînée ailleurs.

— Marilyn ? Vous êtes toujours avec moi ?

— Oui, excusez-moi…

— Alors, comment vont les choses entre Arthur et vous ?

— Oh… Épouser Arthur était une erreur, il faut que je commence par ça. Mon erreur, pas la sienne. Il est incapable de me montrer l'attention, la chaleur dont j'ai besoin. Disons que ce n'est pas dans sa nature. J'aurais dû m'en rendre compte… Mais il y a autre chose. Arthur ne me croit pas très intelligente. Donc il n'a jamais partagé, je veux dire véritablement, sa vie intellectuelle avec moi. Du coup, je me sens rabaissée dès que je suis près de lui… Au lit, c'est comme ci comme ça. Moyen. Je crois que ça ne l'intéresse pas plus que ça. J'en fais des tonnes pour l'exciter. Je n'aime pas jouer la comédie dans ce domaine, vous comprenez… Avec l'homme qu'on a épousé, ça ne devrait pas être comme ça, pas comme avec ces porcs de producteurs, enfin, vous savez de quoi je veux parler, je vous ai déjà tout dit là-dessus… Et puis, je ne supporte plus qu'il m'embrasse. Tout le reste, je veux bien, mais qu'il m'embrasse, non, c'est impossible… C'est peut-être un bon écrivain. Je suppose que c'est le cas. Mais il ne connaît rien au cinéma, il ne sait pas comment on écrit un scénario. J'ai vu ce qu'il écrit en ce moment… On dirait que ça parle de moi… Je ne sais pas… Je me méfie.

— Vous prenez correctement vos médicaments ?

— Oui, docteur… Mais…

— Mais quoi ?

— Je voudrais en finir avec le fait de me cacher de tout. Une cachette, c'est tout noir, on n'y voit rien. Moi, je veux voir et être vue. Je veux vivre, je veux dire « exister »…

— Quelle est la différence selon vous ?

— La différence ? Oh… je connais la différence, mais comme je n'ai ni l'un ni l'autre, la première option serait déjà une conquête très suffisante… Bon, je crois que je suis fatiguée de vous parler à présent, je vais rentrer.

— Je vous vois demain ?

— Oui, bien sûr…

— Vous verrez, il y a moyen de se sentir bien dans ce monde, Marilyn.

Sur le tapis, les escarpins recommencèrent à s'agiter.

— Oh… Le monde… Tu parles ! Un monde où c'est moi l'idole, quelqu'un comme moi ? Oui, le monde… qui a pour idole un être humain malade ! Comment pourrais-je me sentir chez moi dans un tel endroit ? Moi qu'on imite et qu'on désire, moi dont on veut pénétrer la vie, moi que je ne reconnais pas comme moi… Parce que ce moi, c'est juste du commerce et de l'illusion.

Elle s'interrompit un instant. Elle cherchait des mots importants.

— Docteur, je voudrais tellement que vous compreniez… Je ne me sens pas bien ici et pourtant tout de la vie et du monde me traverse, me saisit, m'enchante et m'assassine.

Comme si on me mangeait les entrailles. Moi, docteur ? Je ne sais plus si cela existe. Je me sens comme une créature offerte au sacrifice pour le monde, pour les autres, pour vous tous. Alors, ma vie… Ma vie est comme un bûcher qui me brûle de l'intérieur, à feu lent. Et chaque jour, je sens un peu plus craquer mes os et fondre mes chairs. Le monde entre et se perd en moi. Oui, c'est ce que je sens…

Sa voix, d'habitude si flûtée, se fit plus grave. Son visage s'assombrit, jusqu'à disparaître et si Greenson avait encore une femme devant lui, ce n'était plus la Marilyn qu'il croyait connaître.

— Écoutez-moi bien, docteur… C'est votre enfer que je prends, que j'abrite. Oui, je prends votre enfer et je suis votre enfer. Si vous saviez me regarder, vous verriez et je pourrais vous en sauver. Mais vous l'adorez cet enfer, vous le voulez, votre ventre l'appelle et moi, je meurs de votre enfer, de l'enfer du monde, en cherchant désespérément le bon et le bien. Et si je ne peux me passer de vous, docteur, parce que c'est vrai, je ne peux me passer de vous, je sais aussi que vous ne pouvez pas m'aider, je veux dire réellement. Vous ne savez pas comment faire. Parce que vous ne savez pas que vous ne savez pas. Mais je vous le dis, vous n'y comprenez rien. *Anyway*… Je vous aime bien quand même, docteur, comme un lierre qui ondule contre un tronc… Oui, je suis attachée à vous et si je perds ce lien, je sens que je vais me perdre toute entière. Ne me faites pas faux bond… Oh, non, ne me faites surtout pas faux-bond ! Au revoir, docteur Greenson. À demain.

Les escarpins se réajustèrent sur les pieds vernis d'un beau rouge coquelicot, le talon suréleva la jambe, galba le mollet, cliqueta quelques mètres, puis la porte se referma et le docteur Greenson fondit en larmes.

11
L'agacement

Garée depuis cinq heures un quart derrière la vieille Dodge de Howard Hughes, la Ford rouge des studios de la Fox attendait sa passagère. Il était désormais un peu plus de six heures et toujours pas de Marilyn à l'horizon.

Considérant qu'il était temps, le chauffeur se décida à prendre le petit escalier qui montait au bungalow n° 21, côté cuisine. Il frappa à la porte. Pas de réponse. Il cogna un peu plus fort. Toujours rien. Il redescendit et fit le tour du bâtiment, emprunta l'escalier de devant qui menait à la porte principale et répéta son geste. En vain. Il regarda sa montre bien qu'il sût très suffisamment le retard déjà pris sur le planning de la journée, considéra qu'il pouvait patienter encore un peu et alla faire quelques pas dans le jardin, grillant mollement une cigarette, en prenant garde de toujours avoir en vue les fenêtres du bungalow.

À la cinquième cigarette, il regarda de nouveau sa montre. Sept heures. Puis leva les yeux vers les fenêtres. Pas de lumière ni de mouvement. Il pensa un instant retourner frapper à la porte. Il hésita. Mais il jugea qu'il avait correctement fait son travail et qu'il ne pouvait pas faire plus à son niveau. Il fit donc demi-tour et regagna sa Ford, légèrement anxieux de ce contretemps qu'il faudrait expliquer en arrivant seul aux studios. En quittant la ruelle, il croisa la Ford grise qui venait chercher Montand. Les deux chauffeurs se saluèrent et échangèrent des signes muets, l'un d'interrogation, l'autre d'impuissance. Le passager de la Ford grise arriva et le chauffeur lui ouvrit élégamment la portière, puis prit rapidement la route des studios.

Vers dix heures, le téléphone sonna dans le bungalow n° 20.

— Allô ?… Oh, vraiment ? Je vais aller voir et je vous rappelle.

L'inquiétude de l'équipe qui attendait sa star depuis des heures avait atteint des proportions assez incongrues pour Simone qui s'apprêtait à sortir vivre un autre jour d'insouciance au soleil californien. Et c'est assez nonchalamment qu'elle alla frapper chez sa voisine.

— Marilyn !

Comme avant elle le chauffeur, elle frappa un peu plus fort.

— Marilyn, tu es là ?… Ouvre, c'est Simone !

Silence radio. Les coups de Simone contre la porte ressemblaient maintenant à une descente de police.

— Marilyn !… Marilyn ! Ouvre, c'est moi ! C'est Simone ! Tout le monde te cherche, je t'en prie, réponds !

Il ne servait visiblement à rien d'insister davantage. Soit la belle avait découché, soit elle était assommée, par les médicaments soit elle refusait de répondre, mais Simone n'envisagea pas cette possibilité qui renvoyait à un territoire encore inédit de la psychologie de sa voisine.

Elle rentra chez elle et appela le standard de l'hôtel.

— Pourriez-vous joindre le bungalow 21 ? Oui, c'est Simone... Oui, merci de vos encouragements... Oui, je sais, les oscars approchent... Vous êtes mignonne... Mais il s'agit d'une urgence, vraiment ! Il faut absolument que je joigne Marilyn... Vous avez déjà essayé des dizaines de fois ? Elle n'est pas là, alors... Ah ?... Mais si on vous a demandé une communication, c'est qu'elle est là... D'accord, je vois... Merci de votre discrétion, je vous adore.

Simone abandonna là sa fan du standard. Ainsi, le bungalow n° 21 avait demandé un numéro en Irlande et la porte refusait de s'ouvrir... Simone appela Yves au studio.

— Elle est là, mais elle refuse d'ouvrir, je ne peux rien te dire de plus. Rassure l'équipe, elle est bien vivante, enfin « bien »... Elle ne doit pas aller très fort. On ne fait pas ça quand on va bien, n'est-ce pas ?... Oui, d'accord... J'attends ton appel.

Yves n'avait pas tardé à rappeler pour prévenir sa femme qu'il rentrait à l'hôtel.

Il arriva avec un air qu'elle connaissait bien. Son mari était furieux. La journée était fichue.

— Ça ne peut pas se passer comme ça ! Tu comprends, moi, toute l'équipe... Le boulot, merde ! Je vais la faire sortir de sa cachette, sois-en sûre ! Elle croit quoi, qu'il n'y a qu'elle qui soit morte de trouille ! Quelle conne ! Donne-moi du papier et un stylo…

Montand rédigea un mot en pestant d'avoir à demander tous les trois mots l'aide de sa femme. Décidément, l'anglais et lui…

— Tu vas voir si la souris ne va pas sortir de son trou après ça !

Ils se dirigèrent tous les deux vers la porte et l'ouvrirent sans faire de bruit. Ils traversèrent le palier à pas de loup, pieds nus sur la moquette moelleuse, et glissèrent le mot sous la porte de l'absente en n'oubliant pas d'en laisser dépasser un bout côté couloir. Le nez pointé vers le petit coin de papier, ils firent le guet.

Trois respirations contenues plus tard, le papier disparut avec une étrange lenteur dans le bungalow n° 21. La souris était bien là et avait tiré la note à elle millimètre par millimètre. Les deux époux se regardèrent avec un étonnement certain puis rentrèrent sur la pointe des pieds attendre la réaction de leur voisine en buvant un café.

— Et Cukor, il prend ça comment ?

— Apparemment, mieux que tout le monde, mais je ne m'y fie pas. Comment veux-tu qu'un réalisateur prenne bien que son actrice foute en l'air sans raison une journée de tournage ?

— C'est une fille adorable mais étrange, tu ne trouves pas ?

— Je n'en sais rien. C'est une vraie femme… avec un regard d'enfant. En fait, pour être sincère, je m'en fous, je veux bosser, c'est tout. Je ferai de la psychologie quand on aura terminé !

— Tu veux un verre ?

— Non, merci, Simone. Je vais aller bosser un peu. On ne sait jamais… On pourra peut-être tourner cet après-midi.

Mais le temps passa et la souris blonde ne montra pas le bout de son nez. Montand arriva comme une explosion dans le salon où sa femme feuilletait des magazines.

— Ça suffit comme ça !

Puis il se mit à hurler pour être sûr que la voisine profiterait bien de chacun de ses mots qui lui étaient, de toute façon, adressés.

— Tu peux croire ça !… *Believe this*… Que la journée est foutue ? *Ruined* ! Et pourquoi ? *Why ? Why ?* Eh bien, on n'en sait rien ! *Nobody knows* ! Sortons déjeuner… On ne va pas se laisser emmerder par des absents… *Let's go out ! I don't want to waste my time with missing persons !*

Simone attacha autour de sa tête un foulard de soie Pucci et chaussa ses lunettes de soleil, Montand enfila rageusement sa veste, puis ils quittèrent le bungalow pour ne plus y remettre les pieds avant la nuit.

Simone détesta cette fausse journée de loisirs. Yves n'était pas avec elle, ruminant toujours ses angoisses et sa colère. Marilyn occupait toute la place et cela, d'une certaine façon, ravivait la légère jalousie de femme qu'elle ne pouvait s'empêcher de ressentir avec elle. Oui, tout l'esprit de l'homme qu'elle aimait était occupé par cette blonde adorable, par cette créature érotique et enfantine qui excitait le monde entier. Alors, elle se raccrocha à la promesse de ces oscars qui approchait. Sa revanche, son orgueil, son moment de gloire. On lui disait, et de plus en plus, qu'elle avait toutes ses chances et même plus que ça.

Ils dînèrent chez Romanoff. Rentrèrent tard. Fixèrent un instant le palier devant leur porte, certains de tomber sur une réponse à leur petit mot de la fin de matinée. Mais leurs yeux ne trouvèrent rien d'autre que les poils longs et épais de la moquette où s'accrocher.

12
La honte

Elle avait tout entendu. Les coups du chauffeur de la Fox contre sa porte à six heures du matin, ceux de Simone quelques heures plus tard, les sonneries répétées du téléphone, son prénom prononcé par sa voisine avec cette délicieuse pointe d'accent français, les hurlements de son partenaire dont elle n'avait raté aucune virgule. Tout entendu de la vie qui s'était jouée autour d'elle aujourd'hui, les conversations légères des clients de l'hôtel dans le jardin, le pas composé caractéristique des serveurs apportant les commandes du room service, les coups de sécateur des jardiniers, le chant des oiseaux, le ronflement gracieux des V6 ou V8 passant dans la ruelle. La vie avait dessiné sa belle géométrie de courbes et de lignes, chacun traçant sa part en allant vers son but ou son plaisir. Elle, n'avait pas bougé. Ne s'était levée que pour aller se poster derrière sa porte après le retour de Montand pour guetter… Guetter quoi ? Elle n'aurait su dire. Mais elle avait attendu derrière la porte un temps infini. Puis il y avait eu le bout de papier qu'elle avait ramassé au ralenti et tenu longtemps entre ses doigts sans oser le lire.

Traite la Fox et Spyro Skouras comme tu veux. Punis tous les producteurs de la ville, de la terre, puisqu'il semble que tu leur en veux. Mais les soirs où tu traînes avec ma femme au salon à te faire raconter des histoires comme une enfant au lieu d'aller dormir, les soirs comme ça où il semble que tu aies déjà décidé que tu n'iras pas travailler le lendemain, sois gentille, tiens-moi au courant. Ne me laisse pas travailler pendant des heures des scènes alors que tu sais que nous ne les tournerons pas le lendemain. Ne te trompe pas. Tu n'as rien à me faire payer à moi. Je ne suis pas un des affreux jojos qui t'ont fait souffrir, je suis ton camarade de travail et même un peu plus. Par pitié, laisse tomber tes caprices de gamine avec moi. Je ne trouve cela ni amusant ni séduisant. Salut !

Elle n'avait pas trouvé juste qu'il prenne son absence pour un caprice. Ce n'était rien d'autre que cette foutue peur, cette terreur d'aller accomplir un métier qui n'arrivait pas à la combler mais qu'elle désirait et voulait faire le mieux du monde, ce métier aussi inatteignable pour elle que l'orgasme.

Elle aussi avait écrit un mot. Sur le papier à lettres de l'hôtel où de grandes feuilles de bananier vert amande ou rose tendre décoraient le verso. Un poème. Elle en écrivait souvent et toujours quand ça n'allait pas. Celui-là était pour un amour imaginaire. Le prochain. Le vrai. Celui qui, contrairement aux autres, contrairement au bateau qui prenait l'eau de son mariage avec Miller, ne serait pas un échec.

Cherche ma main qui ne dort pas
Sous les draps
Cache loin cet effroi de tout
Qui rend fou

Qui peut dire ce qui nous arrive ?
Tu portes mon espoir fragile
Léger comme un pétale d'avril
Si je glisse sous les draps
C'est pour toi

J'ai de mauvais souvenirs sur ma bouche
Les morsures de baisers louches
Je vis dans un grand lit défait
Tous mes mots y sont enterrés

Une vie de soupirs
Les miens pour rien
Les leurs, méchants,
Une vie belle pourtant
De cœur, de peau, de sang
De frisson absolument grand.

Écrit, relu, déchiré et jeté.

La terreur, et la culpabilité qui en résultait, avaient commencé de creuser leur trou dès que fut dépassée l'heure du rendez-vous avec la Ford rouge. « Encore cinq minutes... » Le mauvais vœu se répéta dix fois jusqu'à ce que le retard devînt insurmontable. Inexorablement, elle s'était laissée aspirer vers le fond âcre de ce manque de volonté. Atteignant le moment où il semblait impossible de bouger, de revenir en arrière ou d'aller de l'avant. Mourir. Pleurer. Et rien d'autre.

13
Le désarroi

Vers onze heures du soir, le téléphone sonna dans le bungalow n° 20. Montand se retourna en grognant tandis que Simone attrapait le combiné en tâtonnant.

— Allô ?

— Je vous passe une communication de Dublin. Mr Miller…

Montand demanda en râlant qui appelait à cette heure.

— C'est Arthur… Allô, Arthur ?

— Oh, je vous réveille… Je suis vraiment désolé, excusez-moi, mais il fallait que je vous parle… J'ai eu ma femme, elle m'a tout raconté, elle ne sait pas comment se faire pardonner. Elle est là, mais elle a tellement honte. Je suis désolé de te demander ça, Simone, mais peux-tu aller maintenant taper à sa porte ? Ne t'inquiète pas, elle t'ouvrira cette fois.

— Ne t'en fais pas, Arthur, j'y vais tout de suite.

— Merci, Simone et, encore une fois, excuse-moi auprès de ton mari de l'avoir réveillé.

— Sois tranquille. À bientôt, Arthur. Tu nous manques. À tous. Et à ta femme énormément.

— Si seulement... Bon, je te laisse. Au revoir, Simone.

— Au revoir, Arthur.

Simone sortit du lit, attrapa un pull et un pantalon, qu'elle enfila comme elle put dans le noir, puis sortit rapidement de la chambre sans répondre à la question de son mari qui trouvait que, décidément, cette atroce journée jouait les prolongations, pensant à l'heure qu'il était, à l'heure où il faudrait se lever, pour rien peut-être, puisque tout était suspendu au bon vouloir de la vedette américaine d'à côté.

Quand Simone frappa à la porte du bungalow n° 21, celle-ci s'ouvrit immédiatement et une blonde en pleurs lui tomba dans les bras.

— Oh, pardon ! Pardon ! Pardon !

— Ce n'est rien, allez... Tout va bien...

— Je suis méchante, méchante, méchante ! Mais je ne le ferai plus... Je promets que je ne le ferai plus...

Montand apparut alors sur le palier, en robe de chambre. Marilyn passa des bras de Simone aux siens. Il devait la soutenir de toutes ses forces car elle se laissait tomber sur le sol. Bientôt, il lâcha prise et sa partenaire se retrouva à genoux sur la moquette.

— Pardon, Yves, pardon ! Oh, si tu savais comme je suis désolée... Pardon ! Pardon !

Il lui tapota doucement les cheveux.

— OK, OK, c'est bon maintenant, relève-toi, je t'en prie... On oublie tout, mais tâche d'être à l'heure demain matin !

— Promis, promis ! Oh, j'ai tellement honte… Tu verras, Yves, tu seras fier de moi…

Simone fit signe à son mari de les laisser toutes les deux.

Elle raccompagna Marilyn jusqu'à son lit.

— Simone, peux-tu aller me chercher un peu d'eau dans la cuisine ?

— Oui, bien sûr, Marilyn.

Quand elle revint avec un grand verre d'eau, Marilyn prit deux comprimés dans un des nombreux flacons qui se trouvaient sur sa table de nuit.

— Tu es sûre ? Moi, je crois que tu ne devrais pas prendre ces trucs…

— Ne t'inquiète pas, j'ai l'habitude et puis, sans ça, je ne peux pas fermer l'œil…

— Si tu sais ce que tu fais…

D'un geste très maternel, elle remonta le drap sur son amie.

— Je peux te laisser maintenant ? Tu es sûre que ça va aller ?

— Oui, Simone, merci. Merci du fond du cœur. Vous êtes merveilleux tous les deux. Il faut me croire, je suis atrocement désolée… Je ne voulais pas…

— C'est fini, va, on passe à autre chose, ne t'en fais pas… Bonne nuit, ma belle. Repose-toi bien.

— Bonne nuit, Simone…

Et Simone referma la porte en trouvant que sa voisine était certes mignonne, mais aussi très emmerdante.

14
L'ennui

Début mars, après à peine plus d'un mois de tournage, tout s'arrêta. Et la Blonde et ses angoisses n'y étaient pour rien. Il y avait grève à Hollywood. Les syndicats des acteurs et auteurs s'étaient unis pour réclamer un supplément de salaire lié aux passages télé des œuvres cinématographiques. Tout était bloqué. Les agendas allaient devoir se décaler, le tournage des *Misfits*, la tournée japonaise de Montand. C'était la tuile.

Les deux couples tuaient le fâcheux contretemps comme ils pouvaient. Ce week-end, ils avaient décidé de se rendre à Hermosa, dans la maison du coiffeur de Marilyn qui lui en avait laissé les clefs.

Un samedi et un dimanche ordinaires. De bons repas, la plage. La tranquillité de ne pas être reconnu. Un certain ennui aussi. C'était le travail sans le travail, un drôle de temps suspendu qui laissait dans l'air une tension sans réalisation. Cela ne pouvait plus durer.

Le lendemain de leur retour au Beverly Hills Hotel, Miller annonça à Marilyn qu'ils rentraient à New York.

— Je ne peux plus travailler ici et même pour toi, c'est une situation difficile. Nous rentrerons quand cette grève sera terminée.

— Très bien, Arturo, je fais les bagages.

Elle alla ensuite frapper chez leurs voisins pour leur annoncer la nouvelle. Simone se désola.

— Vous allez nous manquer.

— Vous aussi, vous allez me manquer.

— On se retrouve vite. Avant mon départ pour l'Italie, j'espère…

— Oh, mince, j'avais oublié que tu partais si tôt ! J'aimerais bien tourner en Italie. Ce doit être si… différent.

— Joe ne t'a jamais emmenée là-bas ?

— Ben non… Oh, je suis désolée, mais maintenant, il faut vraiment que je me sauve. Arturo ne supportera pas une minute de plus en Californie ! Prends soin de toi, Simone et à bientôt. Embrasse Yves pour moi.

— Dès qu'il sort de la douche… Faites bon voyage tous les deux et toi, prends soin de toi.

Les bagagistes avaient déjà emporté les valises quand Miller et Marilyn sortirent du bungalow n° 21 et se retournèrent une derrière fois pour saluer Simone et Yves qui leur faisaient signe depuis le balcon de leur living-room. Les locataires du bungalow n° 20 regardaient s'éloigner leurs voisins d'en face quand Marilyn s'arrêta et fit quelques pas dans leur direction.

— Simone !

— Oui, Marilyn ?

— La candidate du Beverly Hills Hotel va gagner haut la main ! Je n'ai même pas besoin de te souhaiter bonne chance, je suis sûre que tu vas l'avoir !

Puis celle qui n'avait jamais été gratifiée de la moindre nomination à la prestigieuse cérémonie rattrapa son époux dans l'allée en trottinant aussi vite que sa jupe et ses talons hauts le lui permettaient. Ils suivirent jusqu'à sa disparition la silhouette lumineuse, qui serrait contre elle son grand manteau de vison blanc dont le col embrassait l'auréole de ses cheveux blonds.

Yves rentra. Simone resta, un moment encore, sur le balcon à humer les parfums du jardin. Sur l'allée impeccablement rose qui serpentait autour des bungalows, elle vit passer un serveur avec un grand plateau.

— Bonjour, Madame, comment allez-vous aujourd'hui ?

— Très bien, très bien, je vous remercie, et vous ? Des rôles en vue ?

— Deux trois petites choses...

— C'est bien...

— Bonne journée, Madame et je croise les doigts pour le 4 avril !

Elle lui sourit gentiment et le suivit un instant du regard. Le serveur jouait son rôle avec imprégnation. C'était un Français d'Anthony-sur-Seine qui rêvait de faire l'acteur. Pas vraiment serveur donc, pas vraiment acteur non plus. Mais jouant avec une conviction parfaite tous les rôles de sa vie. Elle soupira.

— Tu viens ?

C'était son mari qui s'impatientait, son mari si réfractaire à l'oisiveté et qu'elle ne savait plus comment occuper.

— J'arrive !

Elle resta encore un instant. L'endroit était si voluptueux, la fraîcheur des couleurs parfaite, le son des tondeuses à gazon rassurant. Le grand jour approchait. Peut-être Miller avait-il jugé plus sage d'éloigner sa femme de cette fête qui n'était jamais pour elle… Elle caressa machinalement le petit pendentif en forme de cœur que Montand lui avait offert en arrivant ici. Elle avait encore dans l'œil l'image vaporeuse du vison blanc contre les cheveux blonds de sa voisine. Une image intense mêlée de sentiments troubles. La dernière image. Car Simone ne reverrait plus jamais Marilyn, mais cela, ni elle ni personne ne le savait encore.

Aujourd'hui, le déjeuner serait encore une fois au Polo Lounge. Elle avait envie de ne penser à rien, de profiter jusqu'au bout de la routine luxueuse de sa vie américaine.

15
L'accablement

La nuit du 4 avril 1960, Simone Signoret ne dormit pas. Quand elle et Yves regagnèrent le Beverly Hills Hotel, très tard dans la nuit, elle serrait encore la statuette dorée qu'elle venait de recevoir des mains de Rock Hudson. Au moment où l'acteur avait hurlé son nom dans la salle du RKO Pantage Theatre, elle s'était levée d'un bond et avait couru jusqu'à la scène. Ensuite, toute cette soirée folle avait ressemblé au rythme de sa course à cœur battant en robe de plumetis noir.

Le jour était levé depuis quelques heures et, bien qu'elle se fût réveillée aux premiers rayons du soleil, elle était toujours allongée sur le lit. Montand, lui, dormait encore profondément à ses côtés. Elle avait passé ces heures à ne penser à rien, rien de précis, à le regarder dormir, à bouger ses pieds au fond du drap, envahie, encore, des images de la veille, de celles de l'avant-veille aussi, de ce temps de leur jeunesse où ils s'étaient rencontrés. Drôle de chose que la vie. Étonnante. Qui aurait pu dire. L'oscar qui faisait d'elle, jusqu'à l'année prochaine, « la meilleure actrice du monde » trônait à côté d'une photo de leur maison d'Autheuil, dans le salon du bungalow. Deux mondes, pensa-t-elle. Cela passerait, elle le savait, mais elle savourait sa victoire sans rechigner. Sans fausse modestie.

Une chose cependant l'ennuyait. À cause de la grève des acteurs, le tournage de *Let's Make Love* avait presque deux mois de retard sur le planning prévu. Et, dans quatre jours, elle devrait prendre l'avion pour Rome où elle était attendue pour tourner dans un film d'Antonio Pietrangeli avec Marcello Mastroianni. Encore un rôle de pute. Un beau rôle. Yves aurait dû l'accompagner. Désormais, elle allait devoir faire le voyage toute seule. Ils seraient séparés longtemps. Cela ne leur était jamais arrivé.

Elle se leva sans bruit et s'enferma dans la salle de bains.

Là, elle inspecta son visage, comme si la statuette dorée devait y avoir changé quelque chose. Mais rien. Rien d'autre que le visage qu'elle connaissait, celui d'une femme de bientôt quarante ans, aux yeux bouffis par une nuit trop courte, déjà marqué par les années. Vieillir n'était décidément pas simple. Elle ne s'y habituait pas, toujours étonnée de l'image que lui renvoyaient les miroirs quand elle se sentait encore comme la jeune fille qui traînait au Café de Flore dans ce drôle de temps de l'après-guerre.

Toute la journée, les grooms du Beverly Hills Hotel vinrent sonner à la porte du bungalow n° 20, les bras chargés de corbeilles de fleurs ou de fruits confits. À chaque coup de sonnette, Yves lâchait un « Encore ! » amusé tandis que Simone courait ouvrir la porte en criant « Au secours ! Voilà les Indiens ! »

Derrière la gaieté de cette journée particulière, celle que l'oscar consacrait comme la meilleure actrice du monde se sentait devenir vieille sans parvenir à trouver en elle la force de se réaliser comme star alors que tout était à portée de mains. Elle se laissait porter, avec une sorte d'insouciance un peu déboussolée. Mais vivre ce qui était désormais son statut dans le chaos féerique de cette reconnaissance hollywoodienne, elle s'en sentait tout bonnement incapable.

16
Le danger

— Tu pars ?

— Entre, Yves, je t'en prie.

Miller avait le bras encombré de chemises. Yves le suivit jusqu'à la chambre.

— Tu m'excuses, je termine ça et je suis à toi…

— Donc tu pars.

— Oui, il le faut. Huston veut me voir.

Montand cherchait les yeux de Miller avec un air dubitatif. Des yeux hésitants qui semblaient chercher un abri au fond de la petite valise qu'il remplissait nerveusement.

— Tu te fous de moi ?

— Quoi ?

— Je dis que tu te fous de moi.

— Pourquoi dis-tu ça ?

Miller n'avait pas relevé la tête.

— Tu sais très bien pourquoi…

Miller ne répondit rien. Il se redressa, divagua dans la pièce comme s'il cherchait rationnellement quelque chose, mais rien dans son attitude n'indiquait la solide présence du pilier de la raison. Il passa dans la salle de bains.

— Je n'ai pas le choix, vraiment…

Sa réponse se perdit dans des cliquetis de verre, le bruit de tiroir ouverts et fouillés. Yves n'avait pas bougé. Il se contenta de hausser un peu le ton.

— Oui, c'est ça. Tu te fous de moi. Qu'est-ce que je vais faire maintenant ? Simone en Italie, toi, je ne sais où...

— Je ne comprends pas ce que tu veux dire, je t'assure.

— Ce que je veux dire ? Nom de Dieu ! Ce que je veux dire ! Tu pars et donc, en gros, tu me laisses avec ta femme.

— Vous tournez un film ensemble, non ?

— Arthur, merde ! Arrête ! Ne me dis pas que tu n'as pas remarqué qu'elle est à deux doigts de se jeter sur moi !

Le corps de Miller sembla se propulser dans la chambre. Sa nervosité était palpable. Ses yeux roulaient derrière le verre de ses lunettes. Il tenait dans ses mains un tube de dentifrice et un rasoir.

— Et oui, bien sûr... Tu l'as remarqué... Écoute, Arthur, je te le dis simplement, sincèrement et en toute chaleureuse camaraderie : je suis un homme vulnérable...

Miller jeta le dentifrice et le rasoir dans la valise puis, sur une petite table que l'hôtel prenait soin de disposer près des lits pour que les clients puissent y déposer des scénarios, il ramassa trois affaires, un carnet, un journal, quelques papiers et le scénario des *Misfits*.

— Je te dis ça et tu ne réponds rien ?

Miller le dépassa pour se diriger vers le salon. Il prit sa veste, posée sur le canapé, et revint vers la chambre où Montand se tenait toujours à la même place. Il finit de remplir sa valise et la ferma avec une lenteur qui voulait singer le calme.

— Mais réponds-moi quelque chose, bon dieu !

— Qu'est-ce que tu veux que je te dise…

— Rassure-moi, engueule-moi ! C'est ta femme, nom de Dieu ! Et moi aussi, je suis marié !

— Tu feras ce que tu jugeras bon, voilà tout.

Ils étaient revenus dans l'entrée. Le déserteur semblait accroché à sa valise comme à une bouée de sauvetage. Yves trouva cela légèrement pathétique. Au moment de tourner la poignée, Miller lui lança un regard chancelant et lui dit d'une voix oscillant entre la colère et la lassitude :

— Tu sais, Yves, quiconque arrive à la faire sourire, je l'accueille comme une bénédiction.

À ces mots, Montand posa instinctivement la main sur le bras de Miller et serra fort. Leurs regards se fixèrent pour de bon. Miller avait les larmes aux yeux.

— Tu verras… Elle a cette chose extraordinaire d'avoir toujours l'air de voir les choses pour la première fois. C'est un don merveilleux, une source de souffrance aussi. C'est fatigant, cela exige beaucoup d'elle… Mais elle est en vie, prodigieusement en vie. C'est cela qui captive tous ces gens… C'est cela qui m'a captivé, qui te captive, toi, même si tu ne t'en rends pas encore vraiment compte… Oui, elle est intensément vivante… Je dois partir maintenant.

Montant desserra son emprise. Le bras de Miller retomba mollement le long de son corps. Il laissa tomber sa valise, se frotta le poignet et rajusta sa manche.

— Tu sais le respect et l'affection que j'ai pour toi mais là, Arthur, tu te conduis comme un drôle de salopard.

— Tu peux dire comme un lâche, c'est-à-dire comme un mari amoureux et malheureux qui ne sait plus quoi faire…

Miller tourna le bouton de la porte, mais Montand s'interposa. Celui-ci le regarda en s'efforçant d'arborer un sourire bienveillant.

— Quoi qu'il arrive, je ne t'en veux pas, les choses en sont arrivées à un point entre Marilyn et moi… Enfin, non, je ne t'en voudrais de rien, parce que rien ne sera de ta faute…

Montand ne répondit pas. Il prit son ami dans ses bras et le serra longtemps.

— Je dois me sauver, maintenant, Yves. Prends soin de toi et d'elle surtout. Oui, d'elle, elle en a tant besoin…

Ils sortirent sur le palier.

— Je crois que tu oublies quelque chose, Arthur.

— Mince, ma valise…

Puis, quelques instants plus tard, ils se quittèrent définitivement au bas des escaliers que Montand remonta quatre à quatre, rentrant dans son bungalow en claquant violemment la porte.

Ils ne seraient plus que deux ce soir. Simone à Rome, Miller dieu sait où. Deux cette nuit. Et demain matin et demain soir et tant d'autres jours… Deux.

17
Le vertige

Son ventre était posé contre le matelas. Sa jambe gauche pendait à l'extérieur. Son pied droit, enroulé dans le drap défait, semblait pris dans un énorme pansement. Ses deux bras disparaissaient sous l'oreiller.

Il avait chaud et flottait encore dans un demi-sommeil.

Derrière le pli que formait le coton de l'oreiller où s'écrasait sa joue, il contemplait d'un œil la femme assise au bord du lit, son dos, la naissance de ses fesses. Elle se pencha pour ramasser quelque chose. En se pliant, son corps accentua encore la marque de sa taille, la rondeur de ses fesses. La colonne vertébrale prit des grâces de tige et les épaules s'arrondirent comme un cœur. Il la regarda enfiler lentement une chemise blanche toute froissée. Il sourit. Tout était froissé dans cette chambre. La nuit avait été courte, mais cela n'avait aucune importance. Il se sentait reposé, détendu, paisible et heureux comme jamais.

Ils n'étaient pas encore en retard. Enfin presque. Enfin bref. Cela était encore raisonnable. Et puis, la nuit qu'ils venaient de passer aiderait le travail, elle ferait le visage beau, l'œil clair, le geste souple. Cukor devinerait leur secret au premier coup d'œil, il en était convaincu. Mais il resterait discret, sans aucun doute. Cukor était un homme charmant et délicat. Qui, finalement, tirait le meilleur d'un scénario mal balancé et plutôt creux. Aussi mal balancé et creux que le personnage qu'il devait incarner, ce Jean-Marc Clément qui, pour séduire une femme, mentait sur son identité. Mais il n'avait pu refuser ce rôle. Joinville d'accord, mais ici, c'était dix, vingt, cent Joinville-le-Pont ! L'occasion ne se représenterait peut-être plus. Et puis, c'était aussi tourner avec elle. Avec Marilyn Monroe ! Non, ce n'était pas rien. Même si, au fond, et il n'avait aucune illusion là-dessus, il lui servait de faire-valoir.

La chute de reins amorça un mouvement. Elle se levait et il ne quitta pas son cul des yeux. Un cul très mignon. Un bon dieu de joli cul ! Et tant pis pour la poésie ! Il aurait pu passer la journée à y poser les mains. Oui... Poser les mains sur sa taille, la serrer et doucement descendre le long de sa ligne de hanche. Cette ligne dont il lui semblait que ses mains possédaient déjà la mémoire.

Sa tête pivota, suivant le mouvement de la belle. Il la regarda longer le lit sur la pointe des pieds. Quand elle arriva à sa hauteur, il donna une tape tendre sur ses fesses merveilleuses. Elle se retourna. La blancheur de sa peau attrapa toute la lumière qui commençait de poindre derrière les stores. Elle avait un sourire immense, simple. Différent. Il fut alors traversé d'un sentiment étrange et violent. Il lui semblait qu'il la voyait pour la première fois. Sa beauté courbe, sa fraîcheur... Elle était une des plus belles femmes qu'il ait jamais vues. Si éclatante ce matin, sans maquillage. Oui, la femme la plus féminine qu'on puisse imaginer. Belle à en crever. Il lui renvoya son sourire et effleura le bout de ses doigts. Alors, le bleu transparent des yeux de Marilyn vacilla légèrement et un nuage rose se posa sur ses joues. Il se retourna, dos contre le drap. Elle resta un instant debout face à lui, la chemise ouverte, le sexe et les seins offerts sans fausse pudeur et sans provocation. Une Vénus américaine, pensa-t-il. Puis elle reprit son chemin en balançant exagérément des hanches, pour lui, ce balancement irrésistible qui attirait l'œil vers les deux fossettes qui, au creux de ses reins, allumait le désir. Au seuil de la chambre, elle se baissa pour ramasser son jean qui traînait, une jambe à l'envers, sur la moquette et disparut dans l'obscurité du couloir. Il referma les yeux.

Il avait furieusement envie d'elle. Il n'avait jamais possédé une femme si libre sexuellement. Cela le troublait beaucoup. Il ne comprenait pas vraiment pourquoi, mais il avait constamment envie de la toucher, d'enfoncer ses mains dans le moelleux de sa peau, d'y poser sa bouche. L'adorable potelé de son creux poplité, pensa-t-il. Cela sonnait comme une chanson. Il fredonna.

Il la vit revenir, jean enfilé et chemise boutonnée bas, avec une tasse de café fumant posé sur un plateau. En le posant sur le lit, elle renversa un peu de café sur les draps. Porta le doigt à sa bouche. Et voilà, elle était là tout entière, comme il la sentait, femme et petite fille. Il suivit du regard la plage de ses cernes, hésitant à plonger dans son regard à elle, ce regard envoûtant aux cils nus, revenant prudemment vers la bouche dont la chair tendre était enflée, tendue, par les baisers fous de la nuit. Des baisers pour plonger profond, tout au fond de l'autre, des baisers qui arrachaient la langue et coupaient le souffle.

Le rythme de son cœur s'accéléra. Il tendit les bras vers elle.

— Viens…

Elle monta sur le lit et ils échangèrent, comme en une pause timide, quelques paroles sans importance à propos du petit déjeuner. Puis, en cherchant un anglais parfait qu'il ne possédait pas, il lui murmura :

— Il fallait bien que cela arrive…

Il s'en voulut immédiatement d'avoir dit une chose qui ramenait le sentiment et la plasticité de la vie à un sordide coup du sort. Elle eut l'air de réfléchir. Il se maudit intérieurement. Puis elle se tapota doucement les lèvres en penchant la tête.

— Non, il ne fallait pas… Mais c'est arrivé. Toi. Je sais que tu sais…

Elle avait replacé le sentiment au bon endroit et lui ses mains sur ses cuisses, en la fixant si fort qu'il plissait les yeux comme s'il regardait le soleil en face. Elle refit dix fois le même geste, replaçant la mèche blonde qui lui tombait sans cesse au milieu du front et qui résistait aux meilleurs coiffeurs d'Hollywood. Une mèche de cheveux qui appartenait à celle qui existait avant Marilyn et dont la racine récalcitrante trahissait le châtain miel des cheveux d'autrefois. Il ne l'entendait plus, obnubilé par le mouvement de ses lèvres et de ses seins sous la chemise. Oh non, il n'aurait pas dû dire ça. C'était si joli ! Il n'avait ni regret ni inquiétude. Oui, il savait, il comprenait la nature de l'accident, parce qu'il s'était réveillé heureux.

Il y eut entre eux une conversation joyeuse, mais où il n'était présent qu'à moitié. Il ne pensait qu'à une chose, la presser contre lui, pénétrer à l'intérieur de cet être doux et rayonnant. Il posa la main sous sa mâchoire. Elle y appuya son visage, s'approcha, continuant de parler et lui toujours accroché aux ondulations pulpeuses de ses lèvres, aux mouvements de son corps. Elle eut soudain cette légère inflexion dans la voix, ce pli presque imperceptible de son cœur qui lui donna les désirs les plus louches. L'image irrésistible de son corps crémeux retournée contre le lit, les poignets prisonniers de ses mains à lui, faussement forcée, absolument offerte.

Tout lui semblait loin, si loin en vérité, comme s'il n'avait jamais existé qu'eux deux. Il avala une gorgée de café. Elle eut l'air heureux comme une jeune mariée qui veut prouver ses talents de ménagère. Ce drôle de café américain qui lui donnait la grimace n'importe quel autre matin, il le prenait aujourd'hui comme on enferme précieusement un souvenir dans une jolie boîte.

Elle se mit soudain à rire. Lui rappela l'incident de Broadway. La braguette lumineuse, qui s'allumait quand il mettait les mains dans ses poches et que la lumière des projecteurs venait taper contre les boutons. Tellement drôle, disait-elle. Oui, finalement, la vexation passée, elle avait raison. Elle éclata franchement de rire. Il ne l'avait jamais entendue rire comme cela et ce rire aussi le bouleversa.

Merde, il était fait comme un rat. Il était amoureux. Ce n'était pas venu tout de suite. Mais c'était foutrement là. Il aurait pu préférer cette version, mais non, il n'était pas un playboy qui prend le petit déjeuner avec une conquête en pensant déjà à la prochaine. Il aurait pu, c'était dans ses cordes après tout, mais elle avait attrapé autre chose en lui. Une chose vraie. Bien sûr, le métier, la proximité, l'intimité des loges, les scènes d'amour. Bien sûr, la fiction répétée, jouée et rejouée, le cinéma qui exigeait qu'on se touche et qu'on s'embrasse. Oui, mais.

On frappa à la porte. Une inquiétude d'homme adultère le traversa un instant. Le room service venait de déposer le petit déjeuner qu'elle avait commandé en allant faire le café et qu'elle ramena en chantant l'air de ce film qu'il tournait ensemble. Il se joignit à sa voix et ils chantèrent comme les deux amoureux qu'ils étaient ce matin d'avril, elle beurrant un toast pour l'homme qui la rendait heureuse, lui souriant au swing de ses seins contre le coton blanc de la chemise à chaque aller-retour du couteau.

You'll just love my embraces cause
they'll fit like a glove...
We could get down to cases, maybe...
Kiss me, baby...
Let's make love... Let's make love...

Il adora la voir dévorer ses œufs. Il adora le moelleux sucré de ce toast exagérément épais, exagérément beurré. Il adora la lumière orange du jus de fruit et le blanc nacré du verre de lait qu'elle sirotait en faisant les yeux ronds, debout sur le lit. Ils allaient faire l'amour, encore une fois, malgré l'heure, malgré la situation, malgré les deux Ford qui s'impatientaient dans la ruelle.

Oui, c'était arrivé. Il le fallait.

Le jean et la chemise venaient de s'envoler et les seins s'écrasaient déjà contre sa poitrine. Le verre de lait avait roulé sur la moquette et finissait de s'égoutter doucement. La thermos de café avait brisé les tasses et les verres en se renversant sur le plateau, les draps étaient pleins de miettes et lui était en elle, profondément en elle, farouchement en elle. Mais ce qu'il sentait, c'était l'inverse. C'était elle qui était en lui, absolument en lui.

La Twentieth-Century-Fox pouvait bien attendre un peu.

À Monsieur George Cukor,
9133 Cordell Drive

New York, 30 avril 1960.

Mon très cher George,

Je tenais à vous remercier de tout ce que vous avez fait pour Marilyn. Vous vous êtes montré patient et chaleureux et il semble aujourd'hui que Marilyn n'a jamais été aussi heureuse dans son travail. Je la sens de nouveau pleine d'espoir et cela, à n'en pas douter, grâce à la patience et au talent dont vous avez fait preuve.

Maintenant que les choses ont pris leur cours, vous comprenez, j'en suis sûr, pourquoi Marilyn m'est si précieuse.

Il me reste encore du travail ici, mais pour être sincère, je ne goûte guère mon célibat et il me tarde d'être de retour sur la côte Ouest. Ce qui ne devrait plus tarder.

Sincèrement à vous,

Arthur Miller

18

Le ravissement

Marilyn était assise sur la moquette du salon, le dos appuyé contre le sofa. La fenêtre à peine entrouverte laissait entrer quelque chose du printemps, un calme, une fraîcheur, l'odeur verte et douce du parc de l'hôtel. Les jambes légèrement repliées, les épaules rentrées, ses bras entourant un genou, lovée en une courbe douce, elle regardait le mur avec une expression lasse. Perdue dans une rêverie pesante.

Combien de fois avait-elle croisé l'amour ? Mais toujours il avait fallu liquider et payer les plus belles heures en chagrins ravageurs qui venaient peu à peu creuser son débit. Cependant, elle continuait d'y croire. De toutes ses forces. À chaque fois. C'était si bon d'être aimée.

Rien ne comptait plus que ce « maintenant » de l'amour. Toute la possibilité du bonheur était là. Maintenant. Quand son cœur pouvait dire à chaque instant « Je suis amoureuse ». Maintenant était urgent et merveilleux. Amoureuse, elle existait en entier, consolée du passé, rassurée de l'avenir, pleine du présent.

Pourtant, cela avait toujours été un échec.

C'était à cause de cette part d'elle qui était très laide. C'était ce qu'elle pensait. Une laideur qui était celle de l'ambition. Quelque chose en tout cas qui avait à voir avec tout ce qu'elle avait dû faire pour en arriver là, pour atteindre cette lumière qu'elle fixait, la nuit, par la fenêtre de l'orphelinat, ces studios qui avaient été et étaient encore son espoir – pas vraiment des choses mauvaises, des choses pour elle, pour son destin à elle, des choses égoïstes. Du sexe. Elle avait couché avec trop d'hommes. Elle avait été infidèle de si nombreuses fois qu'elle ne pouvait même pas se souvenir de toutes. Généreuses aussi puisqu'elle avait donné ce qu'on désirait d'elle. Oui, dans sa vie, elle avait passé beaucoup de temps à genoux et beaucoup de temps à quatre pattes et souvent, elle avait aimé ça. Faire l'amour rapprochait. On devenait plus intime, plus lié. Elle n'avait jamais eu d'orgasmes, mais cela lui était égal. Elle aimait que ses partenaires aient du plaisir.

Pourtant, elle voulait plus que tout que les gens la respectent et lui soient fidèles. Mais ils ne l'étaient jamais. Elle voulait trouver quelqu'un qui l'aime. Oui, quelqu'un qui l'aime, inconditionnellement, comme on aime ses propres enfants. Quelqu'un qui aime tout en elle, la beauté et la laideur. Mais les gens ne voyaient jamais que la créature glamour et c'était toujours de ce monstre dont il tombait amoureux. Et, immanquablement, quand ils voyaient le côté laid, ils partaient en courant. Exactement ce qu'avait fait Arthur. Ce jour où elle avait lu dans son journal qu'elle l'avait déçu... Si elle était tombé dessus, c'était parce que ce journal, il l'avait laissé ostensiblement ouvert dans la maison. Exprès, elle en était sûre. Parce qu'il voulait qu'elle le lise, qu'elle sache. C'était peu de temps après leur mariage, en Angleterre, juste avant le début du tournage de *The Prince and the Showgirl* de et avec Laurence Olivier. Elle avait aperçu un cahier dans le salon de Parkside House et y avait d'abord jeté un coup d'œil, comme ça, en passant. Mais les mots qu'elle comprit attirèrent plus précisément son regard. Le banal cahier était en fait le journal intime de son mari. Elle lut, sachant pourtant que chaque mot allait la tuer. Il écrivait qu'il regrettait son mariage, qu'elle n'était pas ce qu'il pensait qu'elle était, qu'elle n'était pas une femme mais juste une enfant, qu'elle n'était pas aussi intelligente qu'il espérait. Elle y lit encore qu'il avait pitié d'elle, qu'il la plaignait, qu'il avait peur, à cause d'elle, de mettre sa propre carrière en danger, que Laurence Olivier lui avait dit qu'elle n'était qu'une chipie d'enfant gâtée et qu'il n'avait pas su quoi répondre puisqu'il pensait la même chose.

De ce jour, leur mariage fut définitivement ébranlé.

C'était donc ce qu'il pensait d'elle. Une greluche inconséquente, une roulure de bas étage. Mais alors, pourquoi l'avait-il épousée ? Tout avait pris fin à cet instant, au-dessus de ce cahier, tout, l'espoir, la confiance, le bonheur. Arthur, qui disait sans arrêt qu'elle ne pensait pas assez... Mais il ne comprenait pas que c'était quand elle ne pensait pas qu'elle était heureuse.

Elle avança jusqu'au miroir. Elle aimait se regarder. Se trouver face à elle-même, face à ce corps qu'elle adorait autant qu'elle le détestait. Elle pouvait rester des heures ainsi, à se regarder en s'inventant des histoires, des dialogues avec des interlocuteurs imaginaires. Il y avait tant d'histoires dans les miroirs de sa vie. Tant de mises en scène de l'espoir, des larmes contemplées, des rires travaillés, des airs mystérieux pleins de séduction, tout ce temps passé à retoucher le scénario de son être, à parfaire l'expression du visage, à empoigner sa beauté pour la faire danser au rythme qu'elle avait décidé.

Elle avait un peu grossi, mais cela donnait au balancement de ses hanches une sensualité supplémentaire, une lourdeur sensuelle particulière, celle de la femme portant partout en elle la fatigue du sexe. Elle remonta la mèche de cheveux qui lui tombait sur le front. Elle avait envie de jouer à son jeu favori.

Elle pensa « Norma Jean » et ses yeux et sa bouche changèrent en un instant. Elle pensa « Marilyn » et son visage se modifia encore, faisant apparaître le reflet de la blonde la plus célèbre du monde.

Quand Yves entra, elle était étendue sur le sofa, dans son peignoir bleu pervenche à pois blancs, la tête tournée vers le dossier capitonné, ses cheveux blonds coulant comme une crème anglaise sur le tissu blanc cassé de l'assise.

Il s'approcha sans faire de bruit.

Les ongles de ses orteils brillaient d'un vernis rouge cerise éclatant. Elle dormait, les bras repliés autour de ses seins dont la rondeur apparaissait dans l'échancrure du peignoir mal fermé.

Il se tenait au-dessus d'elle.

Le sommeil avait détendu son visage. Il lui trouva un profil d'enfant, sourit à son nez charmant comme un bouton de rose. Il aimait cette femme. Cette femme qui était aussi la star que des millions adoraient. Il voyait battre le sang à son cou, il voyait le tremblement léger de ses paupières. Cette délicate créature, cette enfant-femme était la star d'aujourd'hui, un visage et un corps à disposition, un objet érotique d'un genre nouveau, façonné, fabriqué, proposé enfin, pour être l'intime de tous. Cette femme endormie, vulnérable était une marchandise populaire et cependant luxueuse. Chaque centimètre de son corps, chaque fibre de son âme, chacun de ses souvenirs pouvait être acheté, vu, touché. Partout présente, toujours offerte. C'était la réalité, il ne faisait pas semblant de l'ignorer. Mais une chose échappait à l'industrie, cette industrie qui avait si bien profité de son cul, et ce n'était pas, dans son cas, une image, une chose qu'il avait devant lui à cet instant et qui était aussi sur l'écran, la chose la plus émouvante qui soit en ce monde : un beau visage humain.

À quoi rêvait-elle ? Il pensa qu'ils avaient en commun bien des espoirs. Bien des rêves. Bien des peurs aussi. De la tristesse. Il se pencha pour souffler très délicatement sur sa bouche puis se redressa. Les paupières se mirent à battre un peu plus fort, les lèvres remuèrent, puis elle ouvrit les yeux sur lui et sourit largement.

— Bonjour, Yves...

— Tu vas bien ?

— Quand je te vois, oui...

— Où étais-tu ?

— Oh... Dans mes rêves hors d'atteinte.

Et elle se mit à rire en le prenant par les mains pour l'attirer à elle. Elle sentait bon.

— Un baiser... Je voudrais un baiser... Approche...

Son ventre nu, rond et blanc, ses seins tendant la soie synthétique du peignoir... Impossible de lui refuser ce qu'elle demandait de sa petite voix flûtée. Il lui prit les poignets et les serra fort en plaçant ses bras en arrière. Le peignoir se tendit encore un peu sur les seins, les écrasant légèrement. Oui, il allait l'embrasser. Il sentait ce baiser dans tout son corps. Ce baiser qu'il ne fallait pas. Ce baiser qui était souffler sur les braises de l'enfer. Mais il pouvait à peine penser. Penser à la peine et aux complications. À la femme qu'il allait faire souffrir. Ses yeux... Elle était irrésistible, c'était simple comme ça. Et joyeux et joli et doux et intense. Sexuelle comme un soleil, innocente comme un ciel. Mais sexuelle, si adorablement sexuelle. Elle, la vie. Miller avait raison. Merde, oui, Miller avait raison. Miller était parti en sachant, en sachant tout. En en sachant plus qu'elle, plus que lui. Il aurait voulu à cet instant revenir à ce jour où Arthur avait fait sa valise pour ne pas avoir à affronter l'inéluctable. Se retrouver dans le couloir du bungalow, face à ce mari qui, d'une certaine façon, lui tendait les clefs de sa maison. L'entendre lui dire : « Tu as raison, je ne peux pas laisser faire ça, je t'ai à l'œil, mon coco, et je vais me battre pour cette femme parce que c'est la mienne ! » Mais voilà, quand il sentit ses seins frotter contre son torse, quand il sentit son souffle sur ses lèvres, ses pensées se refermèrent d'un coup et seul l'instant exista, vaste comme une vie entière, heureux comme la fusion de tous ses rêves.

19
L'amour fou

Il était temps de rentrer, d'échapper enfin à la meute des photographes, à l'aveuglement des flashes. Ils s'étaient amusés, avaient bien dîné, mais un sentiment glissant comme une mauvaise pente les étreignait à présent. L'un et l'autre se sentaient seuls. Pourtant, quand ils baissèrent ensemble le nez sur leur assiette vide, pensant la même chose en même temps – que c'était l'heure du départ, ils éclatèrent de rire.

Arrivés à l'hôtel, avant de monter le petit escalier, il profita de la discrétion qu'offrait l'obscurité pour la prendre dans ses bras. Elle eut un délicieux soupir. Il la serra très fort contre lui et elle soupira de nouveau. Puis il appuya sa joue contre sa joue, cherchant un baiser. Le baiser. Celui qu'il avait fallu retenir toute la soirée. Plus aucune obscurité entre eux. Leurs corps étaient absolument soudés.

Quand ils remirent de l'air entre eux, elle penchait encore la tête comme sous l'effet d'un baiser invisible. Il posa la main sous son menton et amena son visage en face du sien. Il avait quelque chose à lui dire.

— *I care about you*… Je tiens à toi. Tellement !

À ces mots, l'arc de sa bouche s'arrondit et elle le regarda avec, au fond du bleu limpide de ses yeux, un étonnement ravi.

— Tu sais ce qui me ferait envie, là, tout de suite ? Je voudrais m'endormir dans tes bras.

Il était épuisé. Amoureux et épuisé.

— Et moi, Yves, je voudrais rouler avec toi jusqu'au lever du soleil.

Marilyn passa ses bras autour de son cou et se hissant sur la pointe des pieds, lui glissa à l'oreille :

— Mais avant, je voudrais que tu fasses quelque chose pour moi…

Ils montèrent au bungalow sans allumer la lumière, main dans la main. Là, elle s'installa devant sa coiffeuse. Il se posta derrière elle.

— Tu es sûre ?

— Oui, Yves, démaquille-moi.

Il passa les bras devant son visage, surveillant ses gestes dans le reflet du miroir. Il saisit les deux faux cils par leur coin externe et tira lentement comme elle le lui avait expliqué. La paupière se soulevait un peu. C'était un geste étrange et troublant, monstrueux et intime. Puis il les reposa délicatement dans leur boîte noire et or. Elle ouvrit les yeux et se fixa dans le miroir en attrapant un flacon de lotion et une boule de coton. Puis elle lui murmura :

— Continue.

— Comment ?

— Le rouge à lèvres…

Il approcha le coton qu'elle venait d'imbiber, hésita un instant puis appuya sur la pulpe de ses lèvres, en sentit le contour rouler sous le coton, s'enfoncer, rebondir. La bouche était redevenue rose et tout autour, la peau s'était teintée d'un lavis coquelicot.

— Prends ça maintenant et masse.

C'était une crème absolument blanche et parfaitement onctueuse dans un gros pot blanc et noir où était inscrit un nom qui résonnait comme un nom de cinéma – Erno Lazslo. Il commença en entendant s'égrener en lui les notes du thème de *Casablanca*. C'était bête mais bon. Il approcha en rythme ses mains maculées de crème et se colla à ses joues. Puis il glissa, tourna, roula, dansa. Il sentait sa peau sous ses doigts, son grain, son élasticité, sa finesse autour des yeux qui disait la limite entre la jeunesse et l'âge. Il vit sa tête partir légèrement en arrière, ses jambes se décroiser. Elle était bien. Elle lui faisait confiance. La voir ainsi donnait un sentiment proche de l'ivresse. Comme si elle se transformait en une matière ardente et sexuelle. Soudain, ses gestes le renvoyèrent à lui-même. Il prit conscience de sa propre chaleur en la touchant. Dans sa peau, sur sa peau, il sentit exister la sienne. Il s'arrêta. Il avait envie de lui faire l'amour. Elle se leva alors pour aller rincer son visage à l'eau dans la salle de bains. Puis réapparut, l'air détendu et heureux, le visage encadré de gracieuses ondulations de cheveux mouillés.

— Voilà, je suis nue, je crois.

Et elle rit, comme à chaque fois qu'elle disait une chose vraie et grave.

Le face-à-face avec ce visage était l'expérience la plus troublante qu'il ait jamais connue. La lumière qui s'en dégageait semblait fragile et lointaine. Il fallut encore quelques instants pour que ce fantôme prenne pied dans la réalité. Mais alors, il eut devant lui une apparition déchirante. Oui, elle était nue. Oui, elle était là, mais de cette « elle », il ne connaissait pas le nom. Elle le regarda comme on admet une faute.

— Je sais… C'est comme ça pour moi aussi…

Sa voix même était différente, posée, profonde. Elle ne minaudait plus. Il allait lui dire des mots doux et définitifs, mais, comme si elle les avait pressentis, comme si elle avait peur qu'un serment ne vienne briser le charme, elle esquiva en ajoutant :

— Je suis prête. On y va ?

— Tu veux toujours ?

— Plus que jamais !

Elle enfila une robe Pucci en jersey vert amande et des escarpins Ferragamo en cuir ivoire.

— Ça va comme ça ?

— Tu es merveilleuse !

Ils firent donc comme elle désirait. Ils prirent la route.

La pluie commença à tomber quand ils atteignirent le panneau indiquant la fin du Sunset Boulevard. Les gouttes épaisses s'écrasaient contre le pare-brise et la carrosserie avec un bruit de grosse caisse. Il y eut très vite de la buée à l'intérieur de l'habitacle. Tenant le volant d'une main, elle traça sur sa vitre, sans même tourner la tête, un cœur et y enferma un Y, hésitant un instant à y ajouter ce M qui n'était pas l'initiale de son vrai prénom.

Elle ne parlait pas. Lui regardait ses mains sur le volant, remontait le long de ses bras, tournait autour de son cou, se nichait derrière son oreille. Ce corps qui, pourtant, appartenait à tous, le rassurait. Il y sentait la possibilité de la vie calme et heureuse. Imprévisible aussi.

Le mouvement sonore des essuie-glaces battait le rythme de leur escapade nocturne. Ils longeaient la côte. Une fine brume semblait s'exhaler du sable des plages. Le Pacifique déroulait des vagues tranquilles. Ils dépassèrent bientôt le rocher de la pointe Mugu.

Le défilement de la route le ramenait à des pensées contradictoires. Qu'adviendrait-il ? Pas que du bon, c'était sûr. Mais il ressentait de la joie et un désir fou. Il lui semblait désormais qu'il lui fallait remonter des siècles en arrière pour arriver à cet instant où tout avait basculé. Comprendre comment, il ne le pouvait plus. Il avait en lui ce sentiment très amoureux qu'elle avait toujours été dans sa vie. Il caressa sa cuisse. Il se sentait soudain déborder d'un amour absolument tendre pour elle.

— Tu es bien ?

— Oh ! oui, Yves, je suis bien… Tu sais, j'ai l'impression que nous nous connaissons depuis des années. Tu vas me trouver bêtement amoureuse, mais c'est ce que je sens.

Oui, j'ai l'impression de te connaître depuis toujours…

Il sourit. Elle aussi.

— Je ne suis pas une dévergondée, tu sais…

À cet instant, un camion les croisa. La lumière des phares illumina comme un éclair son visage. Il fut frappé par son profil, par l'âme de son profil. Voilà ce qu'il aurait fallu filmer. Ce visage extraordinaire, ce qui s'en dégageait… Le visage de la fille dont le prénom ne commençait pas par un M. Comme le sien, dans la langue de sa naissance ne commençait pas par un Y.

— Tu es belle, tu sais, je veux dire, vraiment belle !

Et disant cela, il ressentit un effroi qu'il ne comprit pas. Elle le regarda et porta une de ses mains à sa joue comme une petite fille se cache pour rougir.

— Si seulement je pouvais être comme tu me vois…

— Oui, tu es belle.

Il baissa la tête et la voix comme si ce qu'il allait dire l'intimidait.

— Tu n'as pas besoin de rectifier la couture de ton bas pour provoquer le désir. Ça, c'est dans tout ce que tu fais. Quand tu donnes ta commande au restaurant, quand tu entres dans la pièce avec ton peignoir à trois sous en nous annonçant le temps qu'il fera demain, quand tes yeux se montrent sans faux cils et ta bouche sans rouge à lèvres. En fait, moins tu en fais, plus je te trouve attirante…

— Et toi, tu es un bel homme. Un si bel homme, Yves !

Elle tourna la tête vers lui puis revint vite vers la route, avec l'air de quelqu'un qui réfléchit.
— Arrêtons-nous là. Je t'offre un café.

C'était une station-service pour routiers comme beaucoup d'autres, affichant fièrement une ouverture vingt-quatre heures sur vingt-quatre. Le gars derrière le comptoir les salua quand ils entrèrent en refermant son journal. Un gars jeune et joufflu, en polo vert émeraude et pantalon bleu ciel, avec des lunettes à l'épaisse monture noire. Ils le saluèrent à leur tour et s'installèrent à une table. Ils avaient le choix. Ils étaient, à cette heure, les seuls clients de l'endroit.

La moleskine des banquettes était rouge, les tables en formica de couleur identique. À la place qu'ils avaient choisie, il n'y avait plus de serviettes en papier dans le petit distributeur chromé posé contre la vitre et la bouteille de ketchup portait un anneau sombre de tomate séchée à son col. Le gars arriva et leur demanda ce qu'ils désiraient en donnant, pour la forme, un coup de chiffon sur la table.

— Deux cafés, s'il vous plaît.
— Ce sera tout ?
— Yves, tu veux grignoter quelque chose ?
— Non, merci, juste un café.

Elle se retourna vers le jeune homme qui attendait avec le sourire que son patron exigeait de lui à toute heure et en toute circonstance.

— Vous avez des donuts ?
— Nature, chocolat, citron, fraise ?

— *Oh my god !* oui, vous avez des donuts ! Ah ! ah ! ah ! Nature…

— Combien ?

— Un… Non, non, deux. Je meurs de faim, en fait.

— C'est parti ! Deux cafés, deux donuts nature…

Le jeune homme les quitta d'un pas plein d'énergie.

— Il est drôle ce garçon, tu ne trouves pas, Yves ?

— Il a l'air content que les affaires reprennent.

— Tu faisais quoi, toi, à son âge ?

— Aussi bizarre que cela puisse paraître, j'étais apprenti coiffeur.

— Et à quoi rêvais-tu ?

— J'espère que tu ne vas pas te moquer de moi, mais je rêvais d'être Fred Astaire.

— C'est bien, tu as réalisé ton rêve. Tu as de la chance.

— Pas tout à fait, mais il y a de cela. Pourquoi dis-tu que j'ai de la chance sur ce ton mélancolique ? Toi aussi, tu l'as réalisé, ton rêve !

— Je ne sais pas… C'est comme si je m'étais trompée de rêve. C'est, en tout cas, la sensation que j'ai, souvent.

À ce moment-là, le jeune serveur revint du même pas décidé avec deux mugs de café fumant et une assiette en carton tapissée de papier de soie où se trouvaient les deux beignets. Il déposa le tout sur la table et montra comme une hésitation à regagner son comptoir.

— Merci, jeune homme… Oui ?

— Oh, excusez-moi, Madame, c'est que…

— C'est que quoi ?

— Non rien, je suis désolé, je vous laisse tranquille…

Il se décidait enfin à les quitter quand elle le retint par le bras.

— Excusez-moi, je peux vous demander votre âge ?

— J'aurais dix-huit ans en juin.

— Moi, en juin, j'en aurais trente-quatre… Et vous vous appelez ?

— Br br… Brian, Madame.

Elle avait toujours la main sur son bras et elle le sentit frissonner.

— Brian… Vous avez l'air d'un brave garçon, Brian. Je peux vous poser encore une question ?

— Mais oui, Madame.

— À quoi rêvez-vous, Brian ?

— À quoi je rêve ? Pas de finir serveur dans ce rade, ça c'est sûr ! Si je fais ce job, c'est pour pouvoir me payer une belle guitare.

— Oh… Vous voulez faire de la musique ?

— Oui, ça, c'est mon rêve, monter un groupe avec mes deux frangins et faire les meilleures chansons du monde ! Et ce qu'en pense mon paternel, je m'en fous !

Les yeux du gamin se perdaient derrière le verre de ses lunettes. Il était soudain plus loquace et ne bégayait plus. Son corps fut traversé de cette belle arrogance fiévreuse de l'adolescence. Il se transforma d'un coup sous leurs yeux, exhalant de tout son corps cette assurance idéaliste, propre à son âge, que la vie est éternelle et que tout est encore possible qui le rendit soudain très séduisant.

— J'espère de tout cœur vous entendre un jour à la radio, Brian. Et merci pour le café et les beignets.

— Je vous en prie, Madame. Et surtout, n'hésitez pas si vous avez besoin de quoi que ce soit…

Il resta de nouveau planté devant elle, la bouche ouverte.

— Eh bien, Brian, quelque chose ne va pas ?

Elle lui offrit son plus beau sourire et le jeune serveur se remit à bredouiller des paroles inaudibles avant de détaler vers son comptoir. Elle attendit qu'il eût regagné sa place pour étouffer un rire derrière sa main.

— Tu as vu, il était rouge comme une tomate !

— Il t'a probablement reconnue.

— Oh, non, je ne crois pas. Tu sais, je passe très bien incognito, tu l'as déjà constaté.

— Oui, c'est vrai…

— Non, c'est juste qu'il a eu comme une sorte de béguin en une seconde. À son âge, cela arrive…

Ils buvaient lentement leur café en regardant les voitures passer sur la Pacific Highway.

— C'est drôle, mais j'ai l'impression d'être ailleurs… Enfin, d'être à l'étranger. En voyage, quoi…

— Un jour, tu verras Paris. Tu aimerais voir Paris ?

— Qui n'aimerait pas ? Tu sais, je suis une fille américaine et les filles américaines rêvent toutes de voir la tour... Oh, comment est-ce déjà ?

— Eiffel, la tour Eiffel.

Il sourit.

— Comme elles rêvent d'un amant français ?

— Ah ! ah ! ah ! Oui, j'imagine... Alors, c'est ça, tu es mon amant français ?

— Je tiens à toi, tu sais.

— Moi aussi, Yves, je tiens à toi...

Elle enfonça ses dents dans le beignet moelleux. De minuscules cristaux de sucre vinrent se coller à ses doigts et à ses lèvres. Elle mâcha doucement et avec gourmandise la matière fondante, se passa la langue sur les lèvres puis se lécha doucement les doigts un à un.

— Tu ne veux pas qu'on lui demande une serviette ?

— Oh, laisse tomber la serviette, c'est tellement bon de se lécher les doigts et puis son pauvre petit cœur d'adolescent n'y survivrait pas ! Ah ! ah ! ah !

Elle avait son air de gosse, son air de voleuse de bonbons, son air de chipie adorable.

— Yves...

— Oui ?

— Tu ne dis jamais mon prénom, pourquoi ?

— Ah oui ? Je n'avais pas remarqué... Eh bien, je ne sais pas. Marilyn, c'est pour les autres... J'imagine que c'est quelque chose comme ça.

— Oui, tu as raison. Il va falloir me trouver un nouveau nom, un nom pour toi et moi…

Ils ne cherchèrent pas vraiment. Ce n'était pas le moment.

La route attirait irrésistiblement leurs regards. Ils se dévisagèrent dans le reflet de la vitre où leurs silhouettes venaient se surimprimer au fond bleu-noir de l'obscurité que lacéraient, de temps à autre, de traits rouges et jaunes, les phares de voitures ou de camions. Doucement, ils resserrèrent l'angle de leur vision pour ne plus voir que le visage de l'autre, un visage transparent et fantomatique sur fond de nuit finissante.

Elle se pencha comme pour attraper ce mirage de lui. Sa respiration dessina, en rencontrant la vitre, une fine buée circulaire, puis elle revint vers l'intérieur et baissa le regard vers la vapeur chaude qui s'exhalait de la tasse. Imperceptiblement, tout, autour d'elle, disparut. N'exista plus que le rouge lisse et uniforme du formica de la table. Toute sa pensée, tout son sentiment vécurent là un instant, dans la pureté sans nuance de ce rouge sang-de-pigeon. Elle y ressentit le gouffre et l'altitude, ces deux possibles de son existence. C'était un tiraillement insupportable auquel elle ne pouvait pas échapper. Alors, quand il se mit à parler, elle s'accrocha à sa voix comme à un pont suspendu au-dessus du vide.

— On est bien ici…

Le rouge se mit à vibrer devant ses yeux. Dans la couleur, elle entendait battre son cœur. Et soudain, elle eut chaud.

Un camion venait de s'arrêter à la station-service et le chauffeur entra en ôtant sa casquette. Il salua à la cantonade et commanda un café avant de s'installer derrière eux. Yves se pencha pour lui parler plus doucement. Elle s'approcha elle aussi.

— Je t'aime, jolie fille.

Elle planta ses yeux bleus aussi fort qu'elle pouvait au fond des yeux bruns de son amour, plongea dans son regard comme dans une source miraculeuse.

— Je t'aime, beau garçon.

Rien n'était plus pareil quand ils reprirent la route. Non, rien. Ils s'étaient dit qu'ils s'aimaient. Tous les instants de cette nuit blanche où ils s'étaient à peine touchés l'avaient dit avant eux. Le soleil commençait de pointer. La carte postale était parfaite. La vie réussirait-elle à l'être ?

Il fixait la masse sombre et quelque peu inquiétante du Pacifique. De nouveau, la route qui défilait le ramena au cœur complexe de la situation. Il pensa que Paris était loin. Que sa vie avec Simone était loin. Son existence venait de prendre une direction inattendue. Quand serait-il rattrapé ? Quand apercevrait-il la courbe du prochain virage ? Quand le monde entier saurait-il que le chanteur français était devenu le nouvel amour de Marilyn (la notoriété exigeait cet ordre des choses) ? Trop tôt. Que devenait l'amour dans la rumeur publique, cette rumeur qui déciderait forcément de la distribution des bons et des mauvais rôles ? Les sentiments intimes se mettaient-ils à vivre pour les autres ? Et la tristesse de la femme trahie ? Et le jugement des amis ? Il n'arrivait pas à se projeter dans ce futur forcément désagréable, car il était incapable d'imaginer ce qui se passerait alors et comment il agirait.

Du macadam en ligne droite, en courbes douces, la circulation du petit matin, le lent réveil de Los Angeles, la montée vers l'hôtel, le bungalow, les baisers, la glissade, l'amour fou... Après, ils restèrent étendus sur le lit, sans bouger, sans parler, serrés l'un contre l'autre. Elle pensait au bébé qu'elle désirait si fort. Lui se demandait toujours ce qui finirait par sortir de tout ça. Simone ne savait encore rien. Parce que les journaux ne savaient rien. Mais cela ne durerait plus longtemps. Ou peut-être se doutait-elle déjà ? Elle le connaissait bien. Elle connaissait et reconnaissait la puissance du charme de Marilyn. Le redoutait. Elle avait montré des signes de jalousie quand elle était là et cela l'avait d'abord étonné, parce qu'à l'époque, il ne regardait pas Marilyn comme il le faisait maintenant. Simone... Il pourrait tenter le mensonge tranquille, celui qui, quand la trahison vient au cœur d'un couple, permet de poursuivre bon an mal an la route déjà tracée. Mais ce mensonge serait difficile, impossible était même la réalité de ce qu'il pensait à cet instant. Il ne pourrait prétendre avec conviction avoir eu une aventure sans lendemain. Parce qu'à présent, tous les lendemains, il les imaginait avec elle. Parce qu'au-delà du cliché des deux acteurs tournant *donc* couchant ensemble, existait un sentiment très réel. Il aimait Marilyn.

Quand il se réveilla, elle était assise au bord du lit et pleurait doucement en fixant le rai de lumière entre les rideaux. Il eut envie de lui demander pourquoi. Mais il ne dit rien. Il la prit dans ses bras et ils s'embrassèrent. Il avait envie de pleurer lui aussi. Puis elle le regarda et il la trouva douce et poignante avec cet air irrésistible d'être un peu dans la lune.

Il ne savait pas. Mais dans chacune de ses larmes, elle espérait. De toutes ses forces.

Ce matin, en ouvrant les yeux, elle s'était sentie mieux que cela ne lui était arrivé depuis des années. Les médicaments ne la tenaient pas dans le cocon filandreux où elle emmêlait habituellement ses journées. Mais des médicaments, elle en prenait tellement moins depuis qu'il la tenait dans ses bras ! Elle s'était redressée, à l'affût du vertige habituel, mais rien, aucun vertige, l'équilibre des jours heureux. C'était tout simplement un radieux matin de printemps. Plein de promesses. À en pleurer. Et elle pensa ce qu'elle pensait toujours dans ces cas-là. Rien ne comptait plus que maintenant. Toute la possibilité du bonheur était là. Maintenant. Ce maintenant absolument urgent et magnifique.

Même si, pour attraper ce fil ténu et salvateur, il fallait se soustraire à la réalité.

20
La déception

Marcello Mastroianni reposa son verre et passa un bras attentionné autour des épaules de Simone. Le vin rougeoyait dans la lumière des bougies. De savoureux effluves de pain chaud et de légumes mijotés ondulaient dans l'air tiède de la nuit romaine. Une nuit gourmande et scintillante. Parfumée et sensuelle.

À dix mille kilomètres du Sunset Boulevard, Simone dînait avec ses compagnons de tournage.

Ettore Scola et Emmanuelle Riva s'étaient lancés dans une grande conversation qui agitait si fort les bras du scénariste que l'actrice devait de temps à autre esquiver. Mais Simone n'entendait rien, ne sentait que la main de Marcello contre sa peau dans la légère ivresse du vin sicilien.

Moris Ergas, le producteur, interrompit sa rêverie confuse d'un rire puissant. Sa femme, Sandra Milo, lui donna une tape affectueuse sur le bras d'un revers de serviette.

— Mon chéri, tu exagères !

Le dîner était ponctué par le passage des Lambrettas, toute une jeunesse charmante, gaie, insouciante qui lançait de joyeux « Marcello ! Marcello ! » en direction de leur table. Elle les observait, ces jeunes garçons en pantalons blancs et chemises de voile de coton rayées, ces jeunes filles en robes légères ou en pantalons corsaire aux couleurs fraîches, serrant la taille de leur chauffeur de leurs longs bras fins. Elle n'avait plus vingt ans mais se sentait comme eux, avec une pointe de nostalgie, propre à ceux qui ont l'expérience de la vie et le recul du passé.

La ville était en effervescence. Rome accueillait les Jeux olympiques d'été et c'était une première dans l'histoire italienne. On finissait de construire le grand stade olympique et mille autres installations dignes de l'événement.

— Vous imaginez, les thermes de Caracalla vont accueillir les épreuves de gymnastique !

— Cela promet des images étonnantes !

Moris Ergas s'esclaffa.

— Décidément, il est dit qu'on lèvera toujours la jambe dans cet endroit !

— Moi, personnellement, tout ce sport, ça me fatigue d'avance...

— Notre Sandra joue les boudeuses !

— Gnagnagna !

Simone souriait à ses amis italiens. Leur gaieté était si chaleureuse, leur enthousiasme si vivant ! Marcello se pencha vers elle et lui murmura à l'oreille :

— Tu ne dis rien, Simone... Tout va bien ?

— Oui, Marcello, tout va très bien. C'est bon d'être ici avec vous tous. C'est amusant et il se trouve que j'ai très envie de m'amuser...

Il lui caressa le dos puis, se tournant vers les autres, il lança à la cantonade :

— On change de crémerie ! Simone a envie de s'amuser. Alors montrons à la meilleure actrice du monde...

— Marcello, non, tu exagères...

—... à la meilleure actrice du monde, je répète, et tant pis pour ta modestie si française... Merde, je ne sais plus où j'en étais...

— Tu disais : « Montrons à la meilleure actrice du monde... »...

— Oh, non, Ettore, tu ne vas pas t'y mettre toi aussi !

— Ça y est, j'y suis, et ne me coupe pas Simone, je t'en prie. Montrons donc, mes amis, à notre belle Simone ce que c'est que la nuit romaine !

Il se leva et déposa sur la table l'argent du dîner. Tout le monde suivit. Marcello prit Simone dans sa Flaminia coupé, les autres s'engouffrèrent dans la voiture de Moris Ergas.

— Dis donc, Marcello, tu ne fais pas les choses à moitié !

— N'est-ce pas ? J'adore ça, tu sais. Avec Fellini, sur *La Dolce Vita*, on a fait le concours de celui qui aurait la plus belle bagnole. De vrais gosses ! Je crois bien avoir acheté une voiture par semaine à ce moment-là. Si tu avais vu la tête de Federico ! J'imagine que ce n'est pas très original et que tu me trouves un peu trop typiquement « mâle italien », mais bon...

— Oh, pas du tout ! J'espère juste être à la hauteur de cette splendide carrosserie !

— Tu lui fais absolument honneur, *bellissima* !

Il fit le tour pour venir lui ouvrir la portière.

— Si la signorina permet…

Elle joua le jeu avec gaieté. De l'autre côté du trottoir, Scola leur lança :

— Dites donc, les deux tourtereaux, c'est quoi la direction ?

— Tivoli !

Marcello mit le contact et la Flaminia démarra avec un ronronnement gracieux. Simone attacha son foulard autour de sa tête.

— La vitesse ne te fait pas peur ?

— Non, pas du tout…

— Alors, c'est parti !

— C'est loin Tivoli ?

— Non, on y sera vite… Mais la nuit ne fait que commencer ! Accroche-toi ! Tu sais de quoi j'ai envie ? J'ai envie de voir le soleil se lever sur Rome. Tu te sens de passer une nuit blanche ? Tu me dis si à un moment tu veux rentrer te coucher, d'accord ?

— Oui, d'accord. Je suis un peu pompette, mais ton idée me plaît. Alors, oui, faisons cela, attendons le lever du soleil !

Elle laissa doucement tomber sa tête sur l'épaule de Marcello.

— Ça ne te dérange pas, Marcello ? Je crois que j'ai abusé de ce vin délicieux.

— Je t'en prie, Simone.

Ils arrivèrent vite à Tivoli et burent trop de grappa dans un restaurant dont Marcello connaissait le patron, perdirent puis retrouvèrent Sandra dans les jardins de la Villa d'Hadrien, rentrèrent, pied au plancher, à Rome, s'allongèrent sur les marches de Trinita dei Monti, poussèrent Marcello dans la fontaine de Trevi – « pour adouber la Palme d'or de *La Dolce Vita* », plaisanta Moris Ergas –, flânèrent sans but dans les rues du centre historique en discutant de choses sans importance et en attendant que « Marcello ! Marcello ! » ait fini de sécher. La nuit passa ainsi, de rires en flirts légers. Une nuit italienne qu'ils avaient étirée jusqu'au petit matin, en bande joyeuse.

Quand le lever du soleil approcha, ils reprirent les voitures et montèrent au Janicule. De là, tout Rome s'étalait sous leur pied.

— Ça ne va plus tarder maintenant...

Et le soleil se leva et c'était magnifique. Simone tapa dans ses mains d'enthousiasme.

— Oh, merci, merci, mes amis ! C'est splendide !

— Mais, ma parole, Simone, tu as les larmes aux yeux !

— Grand couillon d'Ettore, va ! Bien sûr que j'ai les larmes aux yeux ! Regarde, mais regarde comme c'est beau !

— Simone a raison, tu es un grand couillon ! Et je dirais même plus, un jeune couillon ! Ah ! ah ! ah !

— Vous voyez les amis, vous allez peut-être me prendre pour une idiote, mais contempler une chose pareille, ça peut changer la vie. Oui... le soleil qui se lève, ces couleurs incroyables, la chaleur qui devient peu à peu perceptible... Je crois que je suis réellement bouleversée, comme si, pour la première fois, je me sentais dans ma vie...

Ils ne dirent plus rien, debout, côte à côte, à regarder dans la même direction, à sublimer leurs rêves, à se pénétrer de la beauté de l'instant. Faisant l'expérience émouvante de la gratitude que l'on peut ressentir, malgré tout, à exister.

Simone donna le signal du départ en esquissant un pas. Ils se regardèrent tous en souriant, remontèrent dans les voitures et regagnèrent le centre. La gaîté un peu folle de la nuit avait cédé la place à un bonheur tranquille.

Ils étaient heureux.

— On passe chercher des journaux et on va prendre le petit déjeuner Piazza del Popolo ?

— Très bonne idée.

Ils arrivèrent devant un grand kiosque qui vendait la presse internationale. Mais c'est un titre en italien qui attira les yeux de Simone :

Schiaffi a Hollywood

Elle prit le journal et commença de lire l'article.

— La vache, mais ça parle de moi !

— Fais voir... « Des gifles à Hollywood »... Oh...

— Écoutez ça : « Montand a giflé Signoret pour la calmer de sa jalousie maladive » !

Scola s'approcha.

— C'est quoi ce bordel ?

— Rien, les journaux à scandales, toujours la même merde...

La joyeuse bande était soudain un peu gênée. Car ce journal n'était pas le seul où figuraient les noms de Simone et Yves. Un troisième venait s'ajouter aux gros titres, en plus gras que les deux autre : Marilyn Monroe.

Simone se referma un instant puis lança à ses amis :

— Vous savez quoi, je crois que vous avez devant vous la cocue la plus célèbre du monde !

Alors, malgré les rumeurs désagréables qui remplissaient les journaux à scandales de ce matin et parce que Simone avait eu la présence d'esprit d'en rire à ses dépens, le petit déjeuner ressembla à la nuit, léger, joyeux, insouciant.

Et Simone attendit de refermer sur elle la porte de son appartement du septième étage de l'Excelsior pour pleurer.

21
Le chagrin

Marilyn avait envoyé sa secrétaire, May Reis, chercher Montand à sa descente d'avion. May se fraya un passage dans la meute de journalistes et de photographes qui assiégeait l'acteur français et lui glissa discrètement à l'oreille :

— Elle vous attend...

Dans le vacarme ambiant, il ne prit pas le temps de se demander s'il avait envie de répondre à l'invitation. Il accueillit ce message inattendu comme une délivrance. Il suivit donc la jeune femme jusqu'à une Cadillac de louage. En traversant le hall de l'aéroport d'Idlewild, ils apprirent que le vol pour Paris serait retardé de plusieurs heures en raison d'une alerte à la bombe et Yves pesta intérieurement.

Ils arrivaient devant l'immense Cadillac aux vitres teintées. May Reis ouvrit la porte de la voiture et s'éloigna.

À l'intérieur, l'amoureuse souriait avec un air gêné. Elle s'était follement amusée à préparer cette surprise et, tout à coup, se demandait si elle avait bien fait, redoutant d'avoir froissé ou agacé l'homme qu'elle aimait et qu'elle se sentait prête à aller chercher jusqu'au bout du monde.

— Tu n'es pas fâché au moins...

Quoi lui dire ? Il se sentait toujours illuminé par sa présence, mais il était aussi sur le chemin du retour et, en ce qui concernait leur histoire et ses sentiments, sur le chemin du non-retour, du moins était-ce la décision qui avait mûri, difficilement, dans l'avion qui l'avait amené de Los Angeles vers New York. Une décision fragile, qu'un souffle blond pouvait faire chanceler.

— Non, mais... C'est difficile, tu sais. Je rentre. Tu comprends ce que ça veut dire ?

— Oui, je comprends, mais je suis patiente. Et je n'ai pas pour vocation de briser les mariages. Mais on s'aime, non ?

— Oui... Oui.

— J'ai réservé une chambre dans un hôtel tout proche.

May s'était chargée de tout organiser et Marilyn l'avait tenue des heures au téléphone. Elle voulait savoir si la chambre était assez jolie, de quelle couleur étaient les rideaux, expliqua en détail quel bouquet elle souhaitait, insista auprès de May pour s'assurer que le champagne serait frais à leur arrivée. Oui, elle avait passé tant de temps à construire la cabane merveilleuse de ce dernier rendez-vous.

Il la regardait sans répondre.

— J'ai réservé...

— Je t'ai entendue.

— Ah... je croyais...

— Mais je ne peux pas faire ça.

— Oh…

— C'est charmant et ce n'est pas que je n'en aie pas envie, mais, non, je ne peux pas, pas maintenant, pas dans cette situation.

Elle ne voulait, pour rien au monde, assombrir le ciel lumineux de leur histoire, alors elle lui proposa de rester dans la Cadillac où du champagne était également au frais. L'avion pour Paris ne décollerait pas avant quatre ou cinq heures. Et il n'avait pas à s'inquiéter pour l'avion, May était chargée de faire le planton dans le hall de l'aéroport et de venir les prévenir quand l'embarquement débuterait. Il accepta et de l'instant où il prononça ce « d'accord » qui, il ne s'en doutait que trop peu, réchauffa le cœur de la blonde palpitant sur la banquette de cuir noir, sa décision se rangea dans un recoin lointain de son être et ses sentiments pour elle se laissèrent aller avec moins de raideur. Il l'embrassa, l'enlaça, fourra sa tête dans son cou, fouillant fébrilement la racine de ses cheveux, mordant sa nuque, serrant ses mains dans les siennes.

— Oh, Yves… Je voudrais tant que tu restes avec moi ! Tu vas me manquer. Tu vas me manquer si cruellement !

Il ne lui répondit pas. Il ne cherchait qu'une chose, l'ivresse de sa peau douce, le vertige de son corps sensuel, comme si demain ne viendrait jamais, ce demain où il faudrait descendre de l'avion, affronter d'autres journalistes et surtout, à un moment ou à un autre, le regard et la présence de sa femme.

— Je vais quitter Arturo. Je veux vivre avec toi. Être ta femme. Ta femme à toi.

— Chut, mon amour… Embrasse-moi…

Elle l'embrassa, mais elle avait envie de parler de la vie d'après, de leur vie ensemble. Nous deux ensemble… C'était ce qui se répétait en elle et qu'elle lui susurrait à l'oreille. La tristesse viendrait plus tard, quand la main de l'homme qu'elle aimait se poserait sur la poignée de la portière, quand ses pieds avanceraient vers le hall, quand sa silhouette disparaîtrait de son champ de vision, s'effacerait de son champ d'espoir. Alors, seulement alors, il faudrait de la force pour inventer la suite, pour vivre en croyant au possible de leur histoire. Il faudrait avoir la force d'appeler tous les rêves et de réinventer l'espoir pièce par pièce.

On cogna doucement contre la vitre arrière de la Cadillac. C'était May. C'était l'heure.

— Bon, eh bien…

C'était inévitable et impossible.

— Dis-le.

— Je ne peux pas, Yves…

— Dis-le, je t'en prie ! Pour nous.

— C'est trop dur…

— Dis-le, mon amour.

— Au revoir, Yves…

— Non, pas ça.

— Quoi, alors ?

— Tu sais quoi.

— Mais je ne peux pas…

Il la serra contre lui une dernière fois et tout près de son oreille, les lèvres appuyées contre sa tempe, il lui dit les mots qu'elle ne voulait ni entendre ni prononcer.

— Adieu, Marilyn.

Elle sourit de son sourire des cas désespérés.

— Tu es sûr ?

— C'est ce que j'avais décidé.

— Tu dis « j'avais » ?

— Je ne sais plus...

— J'ai hâte de te revoir.

Il la regarda avec une certaine consternation. Il cherchait les mots de sa prochaine réplique. Il se sentait perdu, indécis, prisonnier. Il répéta. Pour lui. Pour affermir une décision qui se désintégrait doucement.

— Adieu... La vie n'est pas gentille avec nous, je suis désolé. Pardonne-moi. Mais tu me plais, tu me plais tant...

De ses dernières forces, elle se dessina un autre sourire, celui sur lequel la portière de la Cadillac se refermerait. L'instant d'après, elle se referma effectivement et l'homme qu'elle aimait s'éloigna sans se retourner. Dans le mauvais script de cette séparation, il était écrit qu'elle aurait le cœur brisé. Il le fut et elle pleura.

Il montait la passerelle, s'arrachant marche après marche à ce qui aurait pu être. Il renvoya son sourire à l'hôtesse impeccable qui l'accueillit à la porte de l'avion. Il cherchait en lui les premiers signes d'oubli. Car, oui, l'oubli était là, déjà, commençant son lent travail de remise en ordre contre les folies de la vie. Il en aurait vomi. Oh, ce n'était pas encore la grande parenthèse, celle où vivent sans émotion les souvenirs digérés de l'existence, mais déjà imperceptiblement, la forme de sa vie d'avant, d'avant ce soir de printemps où il l'avait embrassée, se reconstruisait autour de lui. Le parfum de Paris se recomposait, molécule après molécule. L'angoisse de l'arrivée, des questions auxquelles il faudrait, d'une façon ou d'une autre, répondre, des disputes et des silences accusateurs, grignotait peu à peu la douceur et le feu lumineux de ce temps passé avec Marilyn. Mais une épine restait plantée en lui. Ce joli sourire, posé comme un ruban de satin rose sur un cœur désespéré... Oui, cela lui brûlerait longtemps les yeux. Oui, cela était inoubliable.

Il s'obséda sur une question pour chasser toutes les autres, pour chasser le goût infect du danger qu'il avait senti en l'abandonnant sur la banquette de la Cadillac : arriverait-il à dormir pendant le voyage ?

Il s'installa à sa place, boucla sa ceinture et ferma les yeux.

La Cadillac n'avait pas bougé, pleine de cet appel silencieux qui n'avait pas été entendu.

Retourne-toi, retourne-toi, retourne-toi ! Regarde, je pleure. Regarde-moi ! Retourne-toi... Mon amour, retourne-toi ! Si tu ne te retournes pas, je vais disparaître, m'effacer comme une vieille photographie. Tu es le fil qui me tient à ce monde, à la vie ! Oh, retourne-toi ! Je t'en supplie, retourne-toi...

Mais il ne s'était pas retourné.

Elle avait écrit comme elle avait pu la scène des adieux. Elle avait tenté, encore une fois, de gagner quelques heures sur la réalité, puisque dans la réalité, elle le savait, il avait décidé de retourner auprès de sa femme. Quelques heures à rejouer les gestes de l'amour fou sur le cuir de la Cadillac, à se dire des mots désormais obsolètes, à partager un champagne soudain amer comme le chagrin.

Drôle de drôle de film. Dont le scénario venait de s'écrire. De se réécrire d'une façon qui ne lui convenait pas.

Intérieur jour, dans une Cadillac – Il pleut. Pluie épaisse. En fait, il ne pleut pas, mais c'est le temps qu'il fait dans le cœur des personnages. Zoom sur le héros masculin. Visage frappant, doux, fort, rassurant, humain, sexuel, spirituel. Présence évidente, intense. Une présence aussi pénétrante qu'une lame, aussi brûlante que l'enfer, aussi lumineuse que le paradis. Gros plan : ses yeux. Sombres, profonds, calmes. Rien à dire de plus, il faut voir. Contre-champ : la fille. Absolument émue, absolument charmée. Touchée à mort, même, et excitée en toute innocence. Elle a mis sa plus belle robe. Elle a maquillé ses yeux et sa bouche. Elle s'est parfumée. Elle se serre contre lui, se frotte. Son cœur bat fort. C'est la dernière fois.

Dans ce film, il n'y a pas de happy end.

22
La douleur

« Moi aussi, mon mari m'a quittée pour une blonde... »

Simone continuait d'ouvrir son courrier. Elle n'aurait pas dû.

Trois mois avaient passé. Trois mois étranges pendant lesquels, entre Yves et elle, il ne fut plus jamais question de « l'affaire ».

Elle avait voulu qu'il lui raconte tout. Alors il avait raconté, comme les hommes le font dans ces cas-là, en choisissant avec soin le contenu de ce « tout » que la femme qui croyait pouvoir tout comprendre et tout encaisser réclamait. La douleur faisait croire à des ressources qu'on n'avait pas.

Le retour en France s'était présenté comme il le redoutait. À Orly, où il mit le pied le 1er juillet 1960, une centaine de photographes et de journalistes se bousculaient à sa descente d'avion.

Simone n'était pas à Orly. Elle était encore en Italie pour quelques jours. Pas tout à fait par hasard. Elle avait passé des heures à lutter contre sa souffrance pour trouver comment régler ce retour et la vie d'après. N'ayant qu'une volonté, qu'une obsession, que tout rentre dans l'ordre. Elle n'était pas la première femme trompée du monde. Il avait eu une aventure. Soit. Mais c'était elle qu'il avait choisie finalement. Le sujet était donc clos. Clos… Certes, dans la chambre de l'Excelsior, cela se concevait avec facilité. Mais dehors, dans cette vie où la leur était publique, il en allait tout autrement. Elle avait donc décidé que Yves filerait directement à Autheuil puis reviendrait la chercher à l'aéroport à son arrivée d'Italie. Inverser la vapeur. Que le mari adultère vienne chercher sa victime, sa femme, et non l'inverse. C'était le bon plan. La bonne parade.

Sa finesse à jouer la normalisation n'avait cependant pas suffi à calmer la fièvre malsaine qui s'était emparée de la presse. On l'agressait, on la plaignait, mais peu importait le cynisme ou la pitié, c'était toujours la même morsure, la même douleur. Des articles suintants, gras, nauséabonds. Comme si l'intimité lacérée ne suffisait pas.

Et le courrier du matin. L'emmerdant courrier du matin.

« Moi aussi, mon mari m'a quittée pour une blonde… »

Une lettre parmi des centaines. Elle n'en lirait pas un mot de plus. Il y avait dans ce préambule un certain comique, mais la douleur qu'elle ressentait avait fait reculer loin ce territoire où l'on prend une distance amusée avec les drames de l'existence. Oui, elle aurait pu sourire de cette confession anonyme si maladroitement bienveillante, mais lui venaient le visage de Marilyn, le corps de Marilyn et les mains, les mains de son mari sur ce corps et sur ce visage. Cinglant à en mourir. Un coup de lame de rasoir en pleine face.

En femme de volonté, elle avait rangé cette malheureuse histoire sous la rubrique « petits événements ». Mais c'était un faux-semblant, une sorte de ménage bâclé. Elle n'avait fait que dissimuler la poussière sous le lit. Pourtant, elle avait voulu croire au salut de s'en convaincre. Événement, certes, mais pas petit, ne serait-ce qu'à cause de la notoriété de l'amante. Et si important émotionnellement, pour l'entaille définitive qu'il portait à leur couple si célébré. Les sentiments de Marilyn, ou de Miller, elle ne voulait pas y penser.

Comme elle avait vite mis de côté le petit déjeuner de ce matin. Un tête-à-tête triste et silencieux où on ne demandait pas à l'autre le beurre ou la confiture car les mots restaient coincés dans la gorge.

Elle regarda une dernière fois la lettre anonyme et la froissa entre ses mains avant de la jeter dans la poubelle. Puis elle quitta la cuisine. Elle traversa le salon, revint dans sa chambre, retourna dans la cuisine faire chauffer de l'eau pour un thé, resta un moment devant l'évier, revint au salon, s'assit dans un fauteuil et s'aperçut, en posant ses bras sur les accoudoirs, qu'elle ne faisait que tourner en rond depuis ce matin. Pire, elle s'ennuyait. La douleur qu'elle n'arrivait pas à mater malgré son bon sens et sa volonté la laissait confuse en corps et en esprit.

Elle ne se prépara pas de thé. Elle versa l'eau frémissante au fond de l'évier puis attrapa un verre et se servit un whisky qu'elle but debout, appuyée contre la table de la cuisine.

La confusion céda la place aux souvenirs hollywoodiens. Le Beverly Hills Hotel, les dîners à quatre, les heures oisives de shopping dans les boutiques chic, Miss Porterfield et son eau oxygénée, tous ces moments où elle avait pensé « mon amie Marilyn »... Elle se resservit un verre et quitta la cuisine.

Jusqu'à sa chambre, elle ne quitta pas des yeux le ressac ambré du whisky que traversèrent un instant les rayons dorés du soleil qui infusait par les fenêtres de la maison. Été pourri, pensa-t-elle.

Dans sa chambre, elle fonça droit sur sa commode d'où elle tira le petit foulard de mousseline champagne que lui avait offert Marilyn. Il y avait six mois de cela. Six mois seulement, le temps pour la vie de prendre un virage tristement radical.

Elle avala d'un trait son deuxième whisky et posa le verre sur la commode. Dans les pires moments, quand la tension entre eux devenait insoutenable, c'était à ce bout de tissu qu'elle se raccrochait pour ne pas lui arracher les yeux. Elle s'imaginait le déchirant en mille morceaux et trouvait dans ce geste fantasmé un instant de soulagement. Aujourd'hui, elle était venue chercher ce foulard pour le jeter, comme si cela pouvait changer les choses. Mais, maintenant qu'elle le tenait dans ses mains en en faisant rouler la soie arachnéenne entre ses doigts, elle ne s'en sentait plus le cœur.

Elle se laissa tomber sur son lit. Puis leva les bras et suspendit le petit carré devant son visage. Elle pliait et dépliait doucement les bras, amenant la mousseline contre sa peau, puis elle retendait le tissu et regardait sa chambre à travers la trame quasi transparente. C'était exactement cela, il y avait désormais sur toute son existence une sorte de filtre, une trame imperceptible qui venait se superposer aux choses et rendait tout différent. La réalité émoussée aux contours, la réalité floue. Marilyn… Foutue Marilyn !

Tout était paisible dans cette chambre. Il faisait doux, les draps sentaient bon. Avant, il serait venu la rejoindre pour une sieste puis ils auraient fait une partie de ping-pong en attendant l'apéritif du soir. Et elle aurait râlé parce qu'il était mauvais joueur et il aurait triché l'air de rien, avec son beau sourire. Puis ils auraient trinqué et bu, serrés l'un contre l'autre, en regardant le soleil se coucher sur leur maison de campagne, ce nid si intime et si rassurant. Tant de choses belles et heureuses avaient eu lieu entre ces murs. C'était à Autheuil que Raymond Rouleau avait fait la première mise en place des *Sorcières de Salem* en louant le talent de ce jeune auteur américain du nom de Miller que personne, ou presque, ne connaissait. À Autheuil aussi qu'un jour qu'elle paressait dans le jardin, on était venu la prévenir qu'un Monsieur Clouzot la demandait au téléphone. Et puis les amis... La maison risquait de rester vide un bout de temps. Personne n'aimait ce genre de situation. Trop délicat. Alors, parce que la situation était ce qu'elle était et que de sa résolution, ni l'un ni l'autre ne connaissaient la formule magique, il n'y aurait ni apéritif ni ping-pong ni sieste.

Le nid intime semblait aujourd'hui la cour d'une prison où l'on ne pouvait que tourner en rond et rien n'était plus rassurant. Il ne restait qu'à faire confiance au temps et à l'oubli.

Elle avait posé le foulard sur le drap, à côté d'elle. Elle tourna la tête pour le regarder. Elle pensa que la femme qui lui avait fait ce présent la touchait. Elle pensa qu'à cette femme-là, elle n'en voulait pas. À Yves non plus au fond. Mais alors à qui en voulait-elle ? Contre qui toute cette douleur, cette colère, cette mélancolie sans objet ?

Le pathétique était venu s'installer au cœur de la maison où ils avaient été tellement heureux. Le mari et sa gueule désolée, son air perdu, son regard de chien battu qui réclamait consolation, ce mari qui s'enfermait des heures dans la grange transformée en petit théâtre, cet homme blessé à qui elle tenait follement et qu'elle trouvait insupportable. Qu'il aille se faire foutre ! Pathétique elle aussi, oui, c'était la vérité, avec sa façon si limpide de s'abîmer, de se faire des poches sous les yeux et des cheveux blancs, à laisser son corps s'empâter, à porter sa punition à lui sur son visage à elle.

Peut-être était-ce à elle qu'elle en voulait.

Sa colère déchira le calme de la chambre et elle sortit en oubliant son verre sur la commode.

23
La rage

— C'est ça que tu veux ? Me forcer à bouffer toute cette merde hollywoodienne ? Pour quoi ? Te venger de l'avoir, toi, si docilement avalée depuis des lustres ? Mais, je ne suis pas dans le rôle de la blonde aguicheuse, moi… Je ne vends pas mon cul pour changer de vie !

— Va te faire foutre ! Je t'emmerde ! Je t'emmerde ! Je t'emmerde !

— Oui, c'est exactement ça, tu m'emmerdes ! Il t'a jetée, comme tous les autres, et tu es humiliée et tu veux que je paie la note à ta place. Eh bien, pas un cent, tu m'entends, je ne paierais pas un cent ! Et tu peux chialer, je m'en fous !

— Il est beau notre mariage !

— Je n'aurais jamais dû…

— Moi, je n'aurais jamais dû ! D'ailleurs je ne voulais pas. Tu m'as forcé la main. Pour te tirer d'affaire. Pour que ces cons de la Commission te rendent ton passeport ! Tu ne vaux pas mieux que Kazan… Mais lui, au moins, il baisait bien !

— Arrête ça tout de suite !

— Non, je n'arrêterai pas ! Oui, connard, je

te regardais à la télé et je t'entends, là, me demander en mariage... J'ai eu envie de vomir ! Quant à la merde hollywoodienne, tu la manges sans qu'on te force beaucoup ! Tes engagements, laisse-moi rire ! Tu as travaillé pendant la grève, comme un lâche. Si tu savais comme tu m'as déçue ce jour-là...

— Tu confonds tout.

— Ça t'arrange de me prendre pour une dinde quand tu es coincé. Mais je ne suis pas une idiote. Tu crois que je ne vois pas ce que tu fais avec le film de Huston ? Je ne peux pas prononcer une ligne de ce que tu as écrit, oh, pas parce que je ne sais pas mon texte où je ne sais quoi que vous me reprochez, mais parce que tout est faux !

— Mais, ma si intelligente chérie, c'est de la fiction, pas la réalité.

— Mais, mon cher enfoiré de mari, tu te fous de moi. C'est moi, moi, moi et tu l'as fait exprès ! Sauf que tu ne comprends rien. Sauf que tu te trompes de bout en bout !

— Écoute-moi bien : je t'aime et c'est tout ce que dit mon scénario. Les interrogations de Roslyn sont les tiennes, oui, lève les yeux au ciel si tu veux, tu ne peux pas honnêtement prétendre le contraire ! Mais dans le film, Roslyn les résout. Alors, oui, comme le grand couillon que je suis, j'espère encore qu'en vivant ce rôle, tu pourras atteindre cette confiance en toi qui te manque si cruellement !

— Tu crois que je ne comprends rien ? Tu me prends pour une conne ? Tu as écrit le rôle de Gable comme si c'était toi, enfin, ce dont tu rêves. Tu veux qu'il garde Marilyn parce que tu veux garder Marilyn ! Mais tu la méprises, Marilyn ! Notre mariage, c'est fini ! Trois semaines après, c'était déjà fini. Tu ferais mieux de regarder la situation en face. Moi, je le fais.

— Tu deviens insupportable...

— C'est toi qui es insupportable ! Tout ce que tu fais est insupportable ! Ce film est comme une insulte que tu me jettes à la gueule ! C'est comme ça que tu l'as écrit ! C'est ce que tu veux ! Je te déteste ! Et puis, si mon personnage est ce que tu penses de moi, eh bien alors, je ne suis pas faite pour toi et tu n'es pas fait pour moi !

— Ce que tu veux, ma chérie, c'est un père, un amant, un ami, un agent, mais surtout, quelqu'un qui ne te critique jamais. Dès qu'on te dit quelque chose, ta confiance en toi disparaît en entier. À ce demander s'il y a vraiment un être humain derrière cette peau ! À se demander si tu existes !

— Tu ne manques pas d'air !

— Ce film, c'est ta chance, et la nôtre aussi, ne gâche pas tout.

— Le revoilà, l'esprit supérieur qui s'octroie le droit de jouer au démiurge, le mari tout-puissant qui refuse qu'il en aille autrement que les plans parfaits qu'il a abstraitement décidés ! Parce que ce rôle me tue, tu entends ? Il me tue ! Et maintenant, descends.

— Quoi ?

— Descends !

— Mais tu es folle !

— Descends ou je t'arrache les yeux, connard !

— Tu ne peux pas me laisser là, en plein désert…

— Tu vas voir comme je peux !

Elle lâcha le volant et, de la main droite, attrapa la poignée de la portière passager. La voiture fit une embardée. Puis elle freina et la portière s'ouvrit. Arthur descendit sans broncher, abattu, désorienté.

Elle redémarra en trombe, le noyant dans un épais nuage de poussière.

Lui resta planté là, stupéfait, immobile, blessé à mort.

Dans la fournaise du désert des *Misfits*, il s'était engagé dans une partie sans issue, trahi par son corps qui, depuis des jours, était secoué de tremblements nerveux. La Reine des glaces tenait son pigeon. Elle le plumerait sans pitié. Oui, la partie était mal engagée et c'était sans espoir véritable qu'il avait joué sa dernière carte. C'était le tour de trop. Elle avait perdu, mais elle avait gagné. Leur mariage finissait là, sous le soleil implacable du Nevada. Il sentit une goutte de sueur partir de sa nuque et lui couler tout le long du dos. Il ne tiendrait pas longtemps dans cette chaleur. Toutes ses forces, il les avait mises à donner le change devant l'équipe, devant Huston. Il regarda sa montre comme s'il se fût agi d'une boussole et regardant autour de lui, se demanda s'il valait mieux rester là où avancer. Le nuage de poussière soulevé par la Cadillac blanche de sa femme était déjà loin. Putain ! Mais elle allait le tuer pour de bon ! Son cœur s'affola et se mit à cogner douloureusement dans sa poitrine. Il pensa qu'il était bon, cependant, de le sentir battre, ce cœur. Il pensa que cela faisait bien longtemps qu'il vivait comme en sourdine. Il pleura. Il l'aimait tant.

Elle roulait en soulevant un énorme nuage de poussière, écrasant d'un pied rageur la pédale d'accélérateur. Elle pleurait, elle aussi, au-dessus du volant de la Cadillac, en se parlant à voix haute.

— Merde alors ! Il est descendu ! Quel genre d'homme se laisse faire ainsi ? Quel con ! Quel sinistre con ! Je ne veux pas d'un homme comme ça ! Et puis j'ai été gentille assez longtemps ! Je me suis trompée, voilà tout... Non, c'est lui qui s'est trompé ! L'enfoiré ! Comme les autres ! Excité mais pas amoureux ! Et mauvais baiseur, par-dessus le marché ! J'en ai marre d'avoir le cul magnanime ! Marre, marre, marre ! Mais ailleurs, on m'aime, je le sais. C'est là que je dois être, là où on m'aime... Qu'il crève, ce con ! Qu'il aille se faire foutre ! Qu'ils aillent tous se faire foutre ! Je vais aller retrouver mon amour, quitter ce tournage de tordus, me jeter dans ses bras. Oui, c'est ça que je vais faire ! Je trouverai bien un moyen...

24
La mélancolie

Dans sa chambre du Mapes Hotel, Marilyn, le nez collé à la fenêtre, regardait la Truckee River. À ses côtés se tenait son ami et attaché de presse Rupert Allan.

La ville de Reno était plongée dans le noir. D'énormes incendies de forêt, qui avaient débuté la veille, avaient obscurci le ciel, puis ce fut la grande panne d'électricité.

Marilyn ne parlait pas et un silence ressemblant à l'obscurité régnait dans la chambre. Rupert Allan n'osait pas rompre ce silence. Elle ferma les yeux.

— Raconte-moi quelque chose, Rupert…

— Que veux-tu que je te raconte, ma chérie ?

— Oh, je ne sais pas, n'importe quoi… Tu peux me masser un peu les épaules en même temps ?

— Oui, bien sûr.

Rupert Allan se plaça derrière elle et d'un geste lent découvrit les épaules de l'actrice. Puis il commença à lui expliquer, sans qu'il sût trop pourquoi, ou peut-être était-ce la vue de la rivière et le menu du repas de midi, la migration des saumons.

— Quand ils arrivent à leur lieu de ponte, après avoir remonté la rivière, ils meurent par milliers, à bout de forces, mangés alors par d'autres poissons ou par les ratons laveurs...

— C'est horrible ! Et tellement injuste ! Je comprends tellement ça... Tu vois, Rupert, d'une certaine façon, je suis comme eux. Je remonte à contre-courant et c'est affreusement difficile, douloureux et quand j'arrive au but que je m'étais fixée, soudain, j'ai envie d'abandonner la lutte...

Les mains de Rupert Allan remontaient le long de sa nuque, ses doigts pénétraient la masse de ses cheveux en crissant contre leur fibre abîmée par les décolorations. Rupert était doux avec elle et elle pensait à toutes les fois où elle s'était laissée écraser par des gens qui n'avaient ni plus de valeur ni plus de personnalité qu'elle. Tous ces gens bien qui la regardaient en coin quand elle pénétrait dans une fête et s'échangeaient à voix basse les ingrédients d'un poison qui devait la tuer à feu lent. Il avait fallu de la force et de l'amour, tant et tant, pour ne pas s'écrouler devant cette foule condescendante et hypocrite. Peut-être, aussi, bien peu d'estime de soi.

— Tu peux garder un secret, Rupert ?

— Oui, je peux, bien sûr !

— J'ai tenté plusieurs fois de me suicider. Et je crois que cela m'arrivera encore.

— Oh, ma chérie...

Elle posa la tête dans la paume de sa main.

Du bout des doigts, il caressa doucement sa tempe. Puis s'approcha et murmura :

— Tu sais, j'y ai songé moi aussi... Souvent. Je ne suis jamais passé à l'acte, pourtant. Pas eu le courage... Au fond, ce serait bête de partir comme ça, tu ne crois pas ?

— Sans doute...

Elle lui prit la main et y déposa un baiser.

— Je voudrais que tu me promettes quelque chose, Marilyn. Si l'un de nous deux se trouve dans cet état désespéré, il devra appeler l'autre et s'il faut laisser un message... Ah... Il faudrait trouver un code...

— Truckee River ?

— Oui, c'est bien ça, Truckee River ! Alors, qu'en penses-tu ? Promis juré, ma belle ?

— Promis juré, Rupert.

Elle avait ouvert les yeux, d'un coup, brutalement.

Elle regarda la masse noire du ciel, cherchant à y trouver ce que le cœur de l'homme qui occupait ses pensées vivait.

Elle referma les yeux.

Un espace insupportable s'étalait entre leurs deux corps. La réalité mathématique de la distance se doublait d'une impossibilité en forme de silence qui lui semblait l'univers tout entier coincé de part et d'autre des sentiments. Ni la mélancolie de l'âme ni le feu palpitant du cœur ne pouvaient l'abolir tout à fait. Il s'agissait d'une distance réelle, en milliers de kilomètres, que la technologie aéronautique ne venait pas adoucir.

La distance concrète était plantée comme un mur qui faisait cruellement sentir l'absence d'échelle ou de marteau.

Il y avait le temps aussi. Le temps qui consolidait la distance, arc-boutant d'une étourdissante cathédrale. Le temps qui lui aussi se comptait en milliers. Des milliers de secondes qui seraient ressenties une à une.

Elle en était sûre, cet homme était son amour. Cet homme était tout, la vie, l'espoir, le sang, le souffle. Rien ne le disait en entier. Rien non plus ne pouvait le décrire pour les autres. C'était un secret. L'époque n'était pas gentille avec les stars amoureuses. Dans la Cadillac, à Idlewild, il lui avait dit, comme pour s'excuser, que la vie n'était pas gentille avec eux. Mais il avait eu tort de dire cela, ce n'était pas la vie, non, l'époque, juste l'époque. La vie, elle, leur avait fait un beau cadeau qu'autre chose que la vie piétinait. C'était ce qu'elle pensait.

Elle aurait voulu dormir. Dormir sans fin. Et que le ciel de Reno ne s'éclaircisse jamais. Que cet endroit maudit reste plongé dans le noir.

Des jours comme des siècles.

Ou, plutôt, un jour sans fin.

Et dans cet enfer, des images de lui, qui arrivaient comme une crue dans sa pensée. Alors, le sourire s'accrochait dans l'instant et ne la quittait plus.

Marcher. Elle avait envie de marcher.

— Rupert, je vais sortir un peu, pas loin, je crois que j'ai besoin d'air… Tu peux me laisser maintenant ?

— Comme tu voudras, mais ne te couche pas trop tard.

— Oui, ne t'inquiète pas.

Dehors, vite. Les cheveux rapidement remontés en un petit chignon qui ne tenait que par une épingle, un vieux pull-over blanc enfilé sur une robe légère.

Elle accéléra le pas, prit l'escalier. Elle savait qu'il y avait une allure de la marche où l'air, toujours, devenait du vent et elle aimait cela. Elle aimait la caresse du vent.

Avancer le pied. Tant de l'existence tenait dans ce geste. Et puis marcher, c'était déjà danser, chercher l'équilibre, l'harmonie, embrasser le ciel avec ce qui touchait la terre. Elle croyait à cela, profondément. Elle croyait à Dieu et au Diable.

Elle aimait marcher avec lui et elle aurait voulu marcher jusqu'au bout du monde, à regarder leurs pieds avancer ensemble, droit/droit, gauche/gauche, au même rythme, malgré la longueur différente de leurs jambes.

Marcher comme on nage, comme on vole. Mais il n'était pas là et elle ne parvenait plus à avancer.

Était-elle triste ? Pas tout à fait, pas encore, tiraillée, plutôt, par le désir d'être avec lui.

Comment va-t-il ? Comment va-t-il ?

Et dans ces paroles qui venaient se coller à sa gorge, elle le voyait devant ses yeux.

Elle sentait partout en elle la rage de l'appeler, la rage de courir après lui, de l'attraper, de le plaquer à terre, de le retourner violemment puis de le regarder en souriant et en lui demandant : « Je peux t'embrasser ? »

Il ne fallait pas trop y penser. Cela faisait monter des larmes. Et pleurer en public n'était jamais bon.

Elle se tenait au bord du trottoir, devant l'hôtel. Elle serra les poings contre le jersey bleu de sa robe et rentra de nouveau dans le hall de l'hôtel, prit une carte postale à l'accueil, celle où le M de « Mapes » était figuré, avec un bon goût très « Nevada », par deux paires de jambes de cow-boys. Puis elle se fit prêter un stylo pour inscrire une unique phrase à l'arrière :

I LOVE YOU

Elle prit la carte postale entre ses mains et la tint bien droite devant ses yeux. *I love you*... Elle hésita. Un couple de jeunes mariés endimanchés traversa le hall. À cet instant, un parfum de donuts et de moleskine vint caresser ses narines. Cette nuit-là, au-delà de la pointe Mugu... La nuit des mots inoubliables. Les mêmes. *I love you*.

Elle reposa la carte et demanda une enveloppe au réceptionniste qui, bien qu'un bon mois se soit écoulé depuis son arrivée, avait l'air toujours aussi sidéré de sa présence dans la « plus grande petite ville du monde », comme l'affichait partout l'humour local.

Les amoureux étaient toujours dans le hall, se caressant très peu discrètement et autant qu'ils pouvaient. Elle les observa un instant. Elle ne se sentait pas comme eux.

Pendant ce temps, le réceptionniste s'emmêlait les pinceaux. Il y avait le téléphone qui sonnait sans arrêt et ce maudit café qu'il avait pris cinq minutes auparavant et qui lui donnait des aigreurs et, surtout, Marilyn Monroe ! Marilyn Monroe, dont le calendrier nu était punaisé dans son vestiaire. Marilyn Monroe, qui attendait, comme n'importe qui, devant son comptoir ! Il lâcha le paquet d'enveloppes qu'il avait attrapé d'une main. Les enveloppes s'éparpillèrent sur le sol. Il se pencha pour les ramasser, le téléphone sur l'oreille, en balbutiant des excuses inaudibles.

Elle éclata de rire.

— Alors, ça vient cette enveloppe ?

— Oui, Mrs Miller, tout de suite, je suis affreusement désolé…

— Appelez-moi Marilyn ou Miss Monroe. En ce moment, ça me va mieux au teint, mon chéri.

Il ne chercha pas à comprendre, lui tendit une enveloppe dont le coin s'était un peu écorné dans la chute puis retourna à sa conversation téléphonique, tandis qu'elle se demandait à quelle adresse envoyer son courrier. Finalement, elle inscrivit :

Mr Yves Montand
Beverly Hills Hotel
9641 Sunset Boulevard
Beverly Hills, CA 90210

Elle confia son mot d'amour aux bons soins de la réception et sortit, soulagée. En traversant la chaussée, elle évita de peu un bus et deux taxis. Puis, arrivée sur le trottoir d'en face, celui qui surplombait la Truckee River, elle s'accouda à la balustrade.

Pas un passant à l'horizon, elle était seule, mais derrière elle, la rue portait une circulation dense. Et soudain, une chose lui vint. L'envie de s'asseoir sur le trottoir, adossée contre les barreaux métalliques. Oui, rester là, tranquille, comme au bord de la mer. Écouter le ressac de la ville. Se sentir en vie et prête pour l'instant d'après, l'inconnu encore sans contour, prête pour le large. Mais elle resta debout.

Son regard se tourna vers l'hôtel comme on pousse un soupir pour revenir se fixer sur la rivière. Une seule fenêtre était éclairée, au 8e étage. Arturo travaillait et avait eu droit, pour cela, à la génératrice du tournage. Travaillait à lui pourrir la vie en corrigeant un script dont chaque ligne de dialogue lui donnait envie de vomir.

Le casino semblait lui aussi épargné par la panne. Une autre pensée amère vint s'ajouter à la précédente : Huston était sûrement en train de claquer aux dés les derniers dollars du film.

Le lendemain, elle devait tourner une scène difficile avec Gable. Une scène où il était question de la vie, de la mort, de la peur. Ils seraient tous les deux dans la voiture et elle devrait pleurer parce que le personnage de Montgomery Clift avait failli mourir dans une arène de rodéo. Alors, Clark lui dirait : « Ma poulette, on doit tous partir un jour, tôt ou tard. Mourir est aussi naturel que vivre. Les gens qui ont peur de mourir, ce sont les gens qui ont trop peur de vivre : c'est ce que j'ai toujours vu. » Elle ne s'expliquait pas clairement pourquoi ces mots lui donnaient le frisson. Mais elle redoutait de les entendre, redoutait d'avoir à croiser le regard de Gable à ce moment-là. Elle avait si peur de décevoir son partenaire qu'enfant, elle avait pris pour ce père qu'elle n'avait jamais vu.

— Oh, Yves...

Son murmure se perdit dans le brouhaha de la circulation.

Incurably Romantic... Elle eut envie de hurler tout haut la chanson perdue dans ses oreilles. Son image se dessinait nettement devant ses yeux et elle entendait sa voix comme s'il lui avait parlé à l'oreille.

Elle alluma une cigarette. Une cigarette qu'elle partageait avec lui. Mais elle n'était pas folle, juste amoureuse. Lui seul pouvait comprendre.

Elle avait besoin de lui. C'était ce qu'elle se disait sans arrêt. C'était ce qu'elle s'était dit dans la lumière pleine de cendres de ce matin. Une lumière d'août étrangement jaune, inquiétante, dont le mystère plein d'effroi avait pénétré tout son être.

La fumée de la Marlboro montait en volutes blanches contre le noir de la nuit. Des volutes d'une délicatesse infinie.

Yves était si beau. Il était là. Avec elle. Elle le sentait. Oui, elle le sentait contre sa peau. C'était l'évidence même. Elle se foutait bien de la réalité. La vérité était qu'il était là avec elle et la vérité était plus haute que la réalité.

Je t'aime. Viens, on s'en va. Viens. Je t'aime. Ne sens-tu pas comme je désire être avec toi ? Emmène-moi. Emmène-moi loin d'ici. Je vivrai en France, j'apprendrai le français. Je deviendrai une bonne petite Parisienne. Je me ferai brune s'il le faut. Mais ne me laisse pas ici ! Ne me laisse pas avec eux. Ils vont me tuer. Ils ne m'aiment pas.

Sa voix, sa voix merveilleuse. Elle l'entendait si distinctement à présent. Sa voix qui lui chantait qu'il était incurablement romantique.

Un instant, elle avait senti son cœur se serrer et lui faire mal mais quelque chose d'autre l'avait emporté, un désir qui avait apaisé la douleur. Ils étaient dans le même lit. Elle sentait sa peau contre la sienne. Elle était posée sur lui et ses bras l'enlaçaient. Elle l'embrassait, le touchait, le sentait, leurs corps glissaient légèrement l'un contre l'autre. Un souffle d'air frais l'enveloppa soudain. Elle revint à Reno, à la Truckee River, mais le sentiment qui avait baigné sa rêverie était encore là, lui laissant le temps de le reconnaître et de le nommer : la douceur. Une infinie douceur de chaque geste, des lèvres entre elles et contre la peau, de la peau contre la peau, du mouvement de l'un avec l'autre. De la douceur, absolument. Avait-elle jamais connu une telle sensation ? Avait-elle jamais vécu une telle sensation ? Aucun regret, aucune amertume ne vinrent entacher ce demi-songe qui lui avait offert de revivre ce qu'elle avait vécu avec lui. Absent, il lui offrait encore un sourire. Et de l'étonnement. Les beaux cadeaux. Les merveilleux cadeaux.

Combien de temps cette douceur pourrait-elle résister ?

Elle le savait, elle redeviendrait vite, trop vite, folle de tristesse parce qu'elle ne voulait qu'une chose depuis le premier jour : être avec lui. Être sa femme.

Tout était décidément gris. Une douleur amoureuse commença de grimper à l'intérieur de son être comme une mauvaise herbe récalcitrante. Elle l'arracha par un sursaut inopiné de sa volonté. Ne resta qu'une légère brûlure. Puis son image. Puis un sourire.

— Amour, amour... Bonjour... Bonjour, je suis là...

Elle voulait croire qu'il pourrait l'entendre dans cet autre côté du monde où elle ne savait pas ce qu'il faisait. Dormait-il ? Travaillait-il ? Mais peut-être était-il déjà à Los Angeles puisqu'il devait y revenir pour tourner ?

Pourquoi le temps enflait-il ainsi ? Pourquoi, déjà, son absence semblait-elle si longue ? Il n'y avait pas de doute qu'il manquait un chiffre au code de la vie depuis son départ. Tout était étrange, différent, suspendu. Dans un autre plan de ce temps, elle continuait d'agir, de regarder, d'écouter. De jouer son rôle. Son foutu rôle. Jusqu'à la nausée. Et les tiraillements de son cœur restaient un secret. Un merveilleux et douloureux secret.

Allait-il bien ? Elle s'inquiétait. Elle se sentait impuissante.

Comment lui dire ? Mon amour, je t'aime si éperdument, je souffre et je brûle, j'ai le cœur lourd et les yeux pleins de toi.

Danser pour lui. Chanter pour lui. Pour qu'il entende sa voix. Dedans. Dehors. Pour qu'il la voie. Dedans, dehors.

Un jour.

Un jour, ils resteraient longtemps collés l'un contre l'autre.

Un jour, il n'y aurait pas de matin sans lui.

Un beau jour.

— Vous avez du feu ?

Un homme venait de s'approcher.

— Oui, tenez...

— Merci.

Elle aima la façon dont il alluma sa cigarette. Les gestes de l'inconnu sentaient le muscle solide et souple. Il ne l'avait pas reconnue.

— Cette coupure d'électricité, quel enfer ! Vous habitez Reno ?

— Non, je suis au Mapes pour quelque temps. Le travail...

— Oh, je vois. Ça vous dirait de boire un verre avec moi ?

— Oui, pourquoi pas ?

— Il y a un bar pas très loin. Vous voyez, juste après le feu, là...

— OK, ça marche, je vous suis. On boira dans le noir, c'est amusant !

— À la lueur des bougies plutôt... et je suis sûr que cela va très bien vous aller.

Il la prit contre un mur dans une contre-allée, avant d'atteindre le bar. Elle en avait envie. Il était excitant et s'y prenait plutôt bien. Elle aima l'entendre jouir.

Puis elle rentra se coucher.

25
La fêlure

Cette nuit-là, dans ses rêves, il avait plu. Une grosse pluie d'orage, mais d'un orage sans éclairs, sans moiteur, sans chaleur. Une pluie froide, serrée, abondante. C'était le bruit des gouttes mouillant son sommeil qui l'avait réveillée. Il était tôt. La blancheur du jour déjà levé forçait la toile des rideaux de l'hôtel et, dans la chambre, il faisait clair.

À l'instant où elle avait ouvert les yeux, elle avait pensé : « Le ciel pleure. » Elle trouvait cela normal, évident. Comment le ciel aurait-il pu ne pas avoir de larmes ? Ce ciel qui sentait le gris même dans son bleu le plus parfait. Ce ciel qui lui rappelait toujours l'humeur profonde de son être.

Elle ne se leva pas et referma les yeux. Elle sentait son cœur tout au bord d'être lourd et une larme lui monter au bord de la paupière. Elle se tourna sur le flanc gauche, noyant les battements de son cœur vacillant dans le moelleux du matelas. Le sommeil s'offrit avec une facilité inquiétante. Un sommeil cotonneux aux relents de Nembutal. Trois fois la dose, avait prescrit le docteur Greenson. Trois cachets chaque soir, donc. Elle n'oubliait jamais. Champagne-Nembutal, cocktail d'espoir.

Elle le retrouva en rêve. Celui qu'elle aimait, son adoré, son frère, son sang, son souffle. Sa vie. Elle crevait de sauter dans un avion et de le rejoindre. D'échapper à ce tournage infernal, à ces répliques qu'Arturo lui mettait de force dans la bouche et qu'elle trouvait obscènes. Elle, amoureuse ? Ils riraient tous. Riraient à cause de la dégaine de sa vie sentimentale… Parce qu'ils la voyaient comme ils la désiraient, sexuelle, tentatrice, offerte, facile, pute, inconséquente. Elle le savait. C'était son job. Pourrait-elle inverser la tendance ? Échapper à cette image embuée de désir qui empêchait simplement qu'on l'écoutât et qu'on la vît comme elle était ?

Il n'aurait jamais fallu se réveiller avec dans la bouche ce goût amer. Il n'aurait jamais fallu se réveiller en ressentant l'amertume du monde. Mais où étaient les appuis qui permettaient de vivre et de justifier sa vie ? Elle se sentait irrémédiablement seule.

Allan « Whitey » Snyder, son maquilleur, arriva à l'heure prévue. Elle l'entendit approcher mais était incapable de se lever. Il ne s'en étonna pas. Il la maquillait couchée et quasi endormie depuis des jours, attendant patiemment qu'elle pût tenir sur ses jambes, ce qui, certains matins, prenait des heures.

Sous la chaleur des doigts et la caresse des pinceaux, elle cherchait désespérément l'éveil. Elle n'ignorait pas ce que cachait ce sommeil de brute. N'ignorait pas le piège de la faiblesse appelée en elle par la douceur des draps, ce nid de plumes et de coton qui attaquait avec une dureté et une force de métal sa volonté, son espoir, son goût de vivre et sa capacité à affronter chaque nouvelle journée. Ce matin, elle se sentait perdre la bataille.

Ce fut dans les bras de Whitey qu'elle sortit du lit et appuyée contre lui qu'elle se vit debout dans le miroir. Elle était nue, mais cela ne l'embarrassa pas. Whitey la connaissait en entier.

Ses cheveux, surtout, la frappèrent. Ondulés comme au temps de sa jeunesse, mousseux. La nuit avait dû remuer, pourtant ce n'était pas le souvenir qu'elle en avait. Mais les cheveux ne mentaient pas. Agnès, la coiffeuse, allait râler.

— Tu veux que je te donne un coup de peigne avant que la vieille Flanagan ne pique une crise ?

— Non, c'est gentil, mais tu sais, je peux encore me mettre moi-même un coup de brosse et puis Agnès a l'habitude, elle connaît la bête...

— Comment tu te trouves ? J'ai fait du bon travail, non ?

— Comme toujours et on ne peut pas dire que je t'aide beaucoup...

— Oh si, tu m'aides, tu as un visage merveilleux !

— J'avais... Mon Whitey chéri, j'ai tellement l'habitude de tes coups de pinceaux que je sais très bien, juste à la façon dont tu me touches, quand j'ai une sale tête et ce matin... disons que tu as mis les bouchées doubles !

— On s'en moque, c'est le résultat qui compte. Et crois-moi, Roslyn est fraîche et pimpante, prête à affronter ces vieux traîne-savates de cow-boys !

— Ah ! ah ! ah ! Mes adorables cow-boys, tu veux dire ! Tu sais, ils sont vraiment gentils avec moi, surtout Monty et Clark... Je suis tellement impressionnée de tourner avec eux. J'ai tellement peur de mal faire...

— Eux aussi, tu sais.

— Mouais... Whitey, je crois que tu vas pouvoir me lâcher, j'ai récupéré mes jambes.

Il la regarda tendrement et resserra son emprise. La rondeur de ses seins venait appuyer contre ses bras.

— Oh, Whitey, je t'adore ! Je ne sais pas comment je ferais si tu n'étais pas là...

— Je serai toujours là pour toi, Marilyn, je te l'ai promis.

— Oui, notre promesse... Laisse-moi maintenant, Whitey, j'aimerais prendre mon petit déjeuner seule.

— Tu es sûre que ça va aller ?

— Mate-moi cette forme olympique !

Elle prit une pose de lanceur de javelot et ils rirent tous les deux. Puis revint vite chercher l'appui de ses bras et resta encore un instant lovée contre son corps, caressant ses doux poils blonds, embrassant tendrement ses mains.

Ils se connaissaient depuis si longtemps ! Il l'avait maquillée pour ses premiers essais, en juillet 1946 et quelques années plus tard, alors qu'il était venu la préparer pour sa sortie d'hôpital après une opération de l'appendicite, elle lui avait fait promettre de s'occuper du maquillage de sa dépouille. Promesse qu'elle avait scellée en lui offrant une pince à billet en or de chez Tiffany où elle avait fait graver ces mots :

Whitey chéri, pendant que je suis encore chaude,
Marilyn

Et ce matin, il sentait plus que jamais, dans la poche arrière de son pantalon de toile claire, le frottement de la pince contre sa peau.

Elle attendit qu'il sortît pour enfiler un déshabillé rose bordé de plumes de marabout au col et aux manches, attrapa un verre et une bouteille de vodka tiède sur une étagère, puis alla se poser devant son verre de lait, ne touchant ni aux œufs ni aux toasts, repoussant avec indifférence le jus d'orange. Elle ouvrit le flacon d'Amytal qui ne quittait jamais la table, se versa un verre de vodka et avala son premier comprimé de la journée. Elle resta comme suspendue au-dessus de son petit déjeuner. Les couleurs étaient parfaites, la lumière flatteuse et l'héroïne au sommet de son art tragique.

Elle avait dans la bouche l'amertume familière du barbiturique et une larme dans l'œil, suspendue au-dessus de son verre de lait. Une larme qui ne voulait pas tomber. Les plumes roses ondulaient au rythme de sa respiration triste. Elle les observait, tentant de s'accrocher à l'exemple de leur légèreté. Elle s'en sentait si peu. Dommage, murmura en elle une voix qu'elle ne reconnut pas comme la sienne. Elle ne parvenait plus à trouver le moindre soulagement, même petit. Si seulement, elle s'y serait accrochée comme la bouche à une paille. Ils disaient qu'elle avait de la chance. De la chance d'avoir cette vie-là. Elle entendait mais avait du mal à comprendre. Parce que tout ce qu'elle sentait, dans cette vie dont elle aurait dû, selon eux, mesurer la chance, lui faisait mal. Et la larme tomba.

Il regardait la scène dans l'entrebâillement de la porte. Il était revenu, à cause de ce rire qui n'était que désarroi et mélancolie. Il savait que plus elle se montrait drôle, plus la situation était grave. Il était inquiet.

Le maquillage était ruiné. Mais dieu, qu'elle était belle, la petite chose blonde dans son peignoir rose, belle et douce avec ses cheveux de citron laiteux et ses yeux à l'éclat de bleuet ! Une petite poupée toute chiffonnée avec des cheveux en bataille et des yeux tristes cernés d'un halo noir de mascara dilué de larmes. Ils auraient dû la filmer comme ça.

Il ne bougeait pas, stupéfait par cette image quand il aurait sans doute fallu se précipiter, la prendre dans ses bras, lui dire qu'elle était belle, belle, belle, et bonne actrice, oui, si bonne. La rassurer. Ce qu'il ferait un instant plus tard quand il aurait réussi à s'arracher à la fascination que lui provoquait cet être si humain qui, pourtant, ne tenait plus sur cette terre que par un fil très fragile.

Elle ne refusa pas ses bras et lui dit en pleurant :

— J'en ai assez, tu sais… Je pensais qu'en épousant Arthur, les choses seraient différentes. Mais tu vois, toute ma vie, j'ai joué à être Marilyn Monroe, Marilyn Monroe, Marilyn Monroe ! J'ai essayé de m'améliorer et tout ce que j'arrive à faire, c'est une pauvre imitation de moi-même. J'en suis toujours au même point… J'en ai assez, tu comprends ? Et puis, je déteste le rôle qu'il a écrit pour moi !

— Tu es merveilleuse dans ce film et tu te trompes, c'est différent. Ce que tu donnes est différent… Je te connais bien, tu dois me faire confiance.

— Tu crois que je suis une bonne actrice ?

— Oui, tu es une bonne actrice.

— Tu crois qu'un jour, on m'aimera pour mon travail ?

— C'est déjà le cas.

— Tu es gentil mais ce n'est pas vrai…

— Et toi, tu es gentille mais sourde et aveugle souvent… Toutefois, si tu veux que l'on t'aime pour ton travail, il va falloir aller débarbouiller la bonne actrice que tu es pour que je puisse faire, enfin refaire, mon boulot, chipie !

Elle lui sourit et glissa jusque dans la salle de bains.

Quand elle réapparut, il faillit laisser échapper un cri. Son visage était tout barbouillé de crème, une couche grasse et épaisse même sur les sourcils. Ses cheveux, qu'elle n'avait pas lavés depuis des jours, étaient eux aussi, par endroits, maculés de crème et emmêlés par un crêpage hystérique. La vision était atroce. Il baissa les yeux. Il cherchait quoi lui dire.

Il avait la sensation d'avoir une folle devant lui. Il lui demanda de s'allonger sur le sofa et de l'attendre un instant.

Il courut jusqu'à la réception et fit appeler Huston sur le plateau. Marilyn n'était pas en état de travailler. En raccrochant, il croisa le visage atterré du réceptionniste et se retourna. Marilyn était dans le hall, nue sous son déshabillé rose bordé de marabout, le visage recouvert d'une couche supplémentaire de crème blanche et poisseuse.

C'était un médecin qu'il fallait appeler maintenant.

26
L'espoir

Quand son taxi remonta l'allée, un autre taxi descendait. Mais Marilyn n'y prêta pas attention.

Elle était à Los Angeles depuis quelques jours. « Tu as besoin de repos », lui avait dit cet escroc de Huston. Sans doute. Mais cela l'arrangeait bien, puisque l'argent du film s'était volatilisé au casino. Elle avait donc quitté Reno sous une chaleur écrasante, portée jusqu'à l'avion dans un linge humide sensé la préserver de la chaleur. Elle revoyait la longue silhouette voûtée d'Arturo, qui avait l'air d'une vieille branche bonne à couper et, un peu en arrière, celle de Paula Strasberg, enfouie sous des superpositions de soie noire, robe, veste, ses jambes courtes gainées de bas assortis, un drôle de chapeau « bernique » enfoncé sur la tête, noir lui aussi, plantée comme un vieux champignon sur le tarmac. Et elle, pauvre momie blonde dégoulinante... Pas fâchée, non, de quitter ce tournage de dingues.

En croisant la voiture où se trouvait Marilyn, la passagère du taxi avait tourné brutalement la tête. Elle, ici… Puis elle était restée un long moment le front collé contre la vitre. Oui, pas de doute possible, c'était bien Marilyn. Et, soudain, tout en elle appela à faire demi-tour, à remonter cette foutue allée, à courir jusqu'au bungalow, car bien sûr, c'était là que se rendait la blonde, à tambouriner contre la porte en hurlant.

Mais Simone retint tout, contenue dans sa souffrance par la carrosserie du taxi qui la conduisait à l'aéroport. Ni hoquet, ni larmes, juste les poings serrées contre le capitonnage de la portière pour ne pas les fracasser contre la vitre.

Marilyn allait le voir. C'était probablement convenu entre eux de longue date. Elle avait été bien stupide de croire ce qu'il venait de lui dire. Il était encore temps de rebrousser chemin, de jouer les mauvaises surprises. Et puis quoi ? Elle constaterait l'insupportable, qu'elle savait déjà, en garderait une image qui serait plus difficile à effacer que celles construites en imagination. À quoi bon les cris, les coups, les pleurs ? À quoi bon ce mauvais scénario des amants pris sur le vif ? À quoi bon… Il suffirait des toilettes de l'aéroport pour pleurer un bon coup et de la paire de lunettes de soleil qu'elle avait déjà sur le nez pour préserver son intimité déchirée. Dévastée.

Au Beverly Hills Hotel, l'amante amoureuse attendait à l'accueil que le bungalow de Mr Montand veuille bien répondre. Le réceptionniste la fixait en souriant poliment, le combiné contre l'oreille. Puis elle entendit la voix de l'homme qu'elle aimait dire des mots qu'elle ne comprenait pas à la distance où elle se trouvait. Le réceptionniste arborait un sourire de plus en plus confit et lui dit en raccrochant :

— Je suis désolé, Mrs Miller, mais Mr Montand est sorti.

— Oh...

Elle resta un instant immobile sans rendre son sourire à l'employé.

— Voulez-vous lui laisser un message ?

— Non, ce n'est pas la peine, merci.

Elle ne quitta pas l'hôtel et se dirigea, comme elle aurait dû le faire en arrivant – mais pourquoi, diable s'était-elle arrêtée à la réception ? Quelle humiliation ! – vers ce bungalow où on refusait de lui parler.

Elle frappa. On demanda qui était là avec un fort accent français. Son cœur se mit à battre si fort qu'elle crut ne jamais trouver le souffle de lui répondre.

— C'est Marilyn.

La porte ne s'ouvrit pas. Elle frappa de nouveau.

— Yves, c'est moi, ouvre, je t'en prie, juste cinq minutes. Yves...

Une certaine constance dans le silence venait se poser comme une gifle sur ses supplications.

— Yves, je t'en supplie, ouvre cette porte ! Pourquoi ne veux-tu pas m'ouvrir ?

Elle tendait l'oreille tout en surveillant du coin de l'œil qu'il n'y avait pas de témoin de cette scène improvisée à son désavantage.

— Tu me manques tant, Yves ! Je ne reste pas longtemps à Los Angeles et je voulais te voir. Ouvre, je sais que tu es là.

Il y eut comme un frottement contre la porte.

— Oh, Yves… Ouvre-moi… Je meurs sans toi. Je t'en supplie, mon amour… J'ai besoin de te voir… J'ai besoin de toi… Te voir cinq minutes, c'est tout ce que je demande… Ne me laisse pas comme ça…

Un bruit de pas. Puis sa voix derrière la porte.

— Il ne faut plus qu'on se voie, Marilyn. Je t'ai déjà dit tout ça. Ce n'est pas possible…

— Je sais que c'est impossible, mais les sentiments, Yves, nos sentiments… Ils valent bien cinq minutes, nos sentiments ?

— Ça ne servirait à rien.

— Et si on essayait quand même, pour rien, pour nous, pour la beauté de l'instant ? Je ne mords pas, tu sais… Je suis sûre que tu en as envie autant que moi.

— C'est compliqué…

— Je sais, mais c'est si bête de se parler de chaque côté de la porte. Oh, je repense sans cesse à cette nuit… Tu te souviens ? La route, la station-service… Dis, tu te souviens ? Oh, dis-moi que tu t'en souviens et que je n'ai pas rêvé ! Toi et moi… J'ai besoin de te voir, Yves, de te toucher…

La porte cliqueta et s'ouvrit. Elle se jeta dans ses bras qu'il hésita un instant à refermer sur elle. Puis il la serra, respira dans son cou, pressa son corps contre le sien.

— Oh, oui, serre-moi, serre-moi fort ! Si tu savais... Si tu savais comme tu m'as manqué ! Je ne vivais plus sans toi.

Il referma la porte d'un coup de pied et la fit taire en l'embrassant. Il avait follement envie de ce baiser, de ce coup de canif supplémentaire dans les promesses qu'il venait de faire à sa femme. C'était atroce, il ne pouvait rester concentré sur ce baiser. Il cherchait l'oubli dans la pulpe de ses lèvres, dans le fondant de sa langue, mais le visage de Simone était partout et il la détestait pour cela, pour cette présence à laquelle il semblait voué à jamais. Il comprit que, désormais, quelque chose lui était devenu inaccessible : la tranquillité. Alors, il embrassa Marilyn plus fiévreusement encore, la tirant jusqu'au salon.

Ils firent l'amour sur la moquette verte, devant la grande cheminée blanche, en poussant du pied les fauteuils. Comme avant. Et c'était joli. Comme avant. Et impossible. Comme avant.

Vint le moment de quitter le bungalow, d'entendre la porte se refermer, de quitter l'hôtel dans un épais brouillard, de marcher dans le mauvais sens, en écrasant sous chaque pas les larmes et la tristesse pour faire bonne figure devant le personnel. Assommée, sonnée, abrutie, achevée. « Je ne quitterai pas Simone »... Dévastée.

— Je vous appelle une voiture ?

— Euh... une voiture... Oui, pardon. Une voiture, c'est ça... Merci.

Avec son plus beau sourire. Un grand rôle de composition. À mériter l'oscar de la meilleure actrice, pensa-t-elle dans un accès d'ironie douloureuse. Les sentiments étaient vrais et doux mais venait désormais s'y ajouter une gêne sordide. Une culpabilité poisseuse.

On vint la chercher dans le lobby quand son taxi se présenta. Puis le voiturier lui ouvrit élégamment la portière. Toujours ce confort léthargique d'une vie luxueuse parfaitement réglée où l'on se laissait conduire plutôt que de conduire soi-même.

— Westside Hospital, s'il vous plaît, sur Cotner Avenue.

Encore une fois, elle allait s'en remettre à la blancheur hygiénique d'un hôpital.

27
La confusion

Quelque chose s'emballait dans cette histoire. Marilyn relançait Montand obstinément. Place Dauphine, pas un jour sans que n'arrivent lettres ou télégrammes. Elle l'invitait à New York, lui disait qu'elle l'aimait, menaçait de débarquer à Paris. Elle tentait même de l'avoir au téléphone, raccrochant quand c'était la voix de Simone qui répondait.

— Elle va nous faire crever, ta blonde ! Fais quelque chose, bordel ! Je ne sais pas ! Va la rejoindre, que cela cesse ! Je n'en peux plus, Yves, je n'en peux plus, tu m'entends !

Il ne répondit rien, prit son manteau et descendit faire le tour de la petite place arborée en fumant une cigarette. Il avait fait et dit ce qu'il fallait, mais une histoire se déroulait, de l'autre côté de l'Atlantique, avec l'inéluctabilité d'une fission nucléaire. Rien ne semblait pouvoir mettre fin à ce qui ressemblait de plus en plus à du harcèlement. Pourtant, en regardant les boulistes de la place, il pensait encore tendrement à elle. Elle devait se sentir si seule, si mal. Mais que pouvait-il faire à présent ?

Il leva les yeux vers le petit appartement qu'ils appelaient leur « roulotte ». Derrière la fenêtre, il aperçut Simone qui le regardait. Ils n'y résisteraient plus longtemps.

Dans quelques jours, il devait partir pour Tokyo tourner un film avec Shirley MacLaine. Mais il était prévu qu'il passe par New York. Marilyn devait le savoir et le piège se refermerait. Elle lui referait le coup de la Cadillac et... Il était à bout de nerfs. D'habitude, il jouait très bien à l'homme qui a toujours été heureux. Mais le drame qui se jouait et les sentiments nouveaux qu'il avait ressentis auprès d'elle faisaient remonter des fragilités longtemps enfouies. Le cours de son existence prenait soudain un drôle de goût. De mauvais goût.

Simone quitta la fenêtre. Elle avait pris sa décision. C'était sa dernière chance, leur dernière chance. Ce qu'elle allait faire n'était pas facile. C'était même très humiliant. Mais il le fallait. C'était cela ou... Elle regarda la pendule et calcula l'heure qu'il devait être à New York. Puis elle prit le téléphone et composa le numéro de Marilyn.

— Marilyn ?

— Oui...

— C'est Simone, Marilyn.

Un silence s'installa. Puis Simone se lança.

— Ce que j'ai à te dire est assez simple et je suis sûre que tu comprendras. Je ne nie pas les sentiments qui ont pu exister entre toi et Yves, même si c'est, pour moi, une torture de les imaginer. Cependant, voici la réalité : Yves et moi sommes mariés et nous allons le rester. Il me dit qu'il a été clair à ce sujet. Mais je te le redis moi-même aujourd'hui. Je sais que les hommes ont parfois de drôles de manières ambiguës de dire adieu sans le dire vraiment. Je voulais te dire aussi que je comprends l'intensité de tes sentiments et la douleur que tu peux ressentir en ce moment. Quand j'ai rencontré Yves, je n'étais pas une femme libre. J'ai fait beaucoup de peine et j'ai beaucoup pleuré. Alors, comprends bien que je ne te fais pas la leçon. Je t'explique simplement les faits puisqu'il semble que tu refuses de les regarder comme ils sont. Une autre chose, moins agréable : même si je conserve précieusement dans ma mémoire les bons moments que nous avons passés ensemble à Los Angeles, je tenais à te dire que je trouve ton attitude insupportable. Il n'est plus question que tu envoies le moindre courrier dans notre maison, il n'est plus question que tu harcèles mon mari. Et ne t'avise pas d'essayer de le revoir. N'ajoute pas notre souffrance à la tienne. Nous avons tous des choses à faire, une vie à mener. Tu rends la nôtre impossible et c'est inadmissible ! Voilà, j'ai fini. Je n'ai plus rien à te dire. Je vais raccrocher.

— … Simone…

— Oui ?

— Je suis sincèrement désolée…

— Je l'espère bien. Au revoir, Marilyn.

Et elle raccrocha.

Quand Yves remonta dans l'appartement, Simone lui dit simplement :

— Tout est réglé.

Il ne posa pas de questions, ne chercha pas à savoir ce qu'elle avait fait. Serrant au fond de la poche de son manteau un télégramme qu'il avait reçu de New York ce matin pendant qu'elle était dans son bain. Un télégramme qui ne portait qu'un mot :

Come.

Marilyn n'abandonnait pas la partie, lui demandait de venir la rejoindre. Toutes les choses étaient-elles réglées ? Le seraient-elles un jour ?

Il regarda sa femme. Elle s'était remise à son tricot, habillée n'importe comment. Il savait qu'elle avait bu. Elle le faisait désormais dès qu'il avait le dos tourné. Il avait parfaitement compris, elle s'abîmait pour le punir. Avec l'orgueil de croire qu'elle pourrait encaisser cette déchéance physique prématurée. Mais il la connaissait bien, elle n'encaisserait rien du tout. Il lui en voulait et, pire encore, il ressentait désormais l'envie constante de faire des « bêtises », pensant à sa prochaine partenaire avec un pincement qui était déjà de l'infidélité. Il voulait vivre et respirer. Et en ce moment, il manquait d'air.

Chers Lee et Paula,

Le Dr Kris m'a fait mettre au New York Hospital - Division psychiatrique, sous la garde de deux docteurs idiots. Ni l'un ni l'autre ne devraient avoir le droit d'être mes docteurs.

Vous n'avez plus de nouvelles de moi parce que je suis enfermée avec de pauvres dingues. Si je reste dans ce cauchemar, je suis sûre de finir comme eux. S'il vous plaît, Lee, aidez-moi. C'est vraiment le dernier endroit où je devrais me trouver. Si vous appeliez le Dr Kris en l'assurant de ma bonne santé mentale, peut-être pourrais-je retourner à vos cours et ainsi mieux me tenir prête pour la suite.

Lee, j'essaie de me souvenir de ce que vous m'avez dit une fois au cours, que « l'Art va bien au-delà de la science ».

C'est justement la science et son environnement dont j'essaie de ne pas me souvenir ici - ces femmes qui hurlent, etc.

S'il vous plaît, aidez-moi. Si le Dr Kris vous affirme que tout va bien pour moi ici, vous pouvez lui assurer que ce n'est pas le cas.

Je n'ai rien à faire ici!
Je vous aime tous les deux,

Marilyn

P. S.: pardon pour l'orthographe et puis il n'y a rien sur quoi écrire ici. Je suis à l'étage des fous dangereux. C'est comme une cellule, tout en ciment, vous imaginez... Ils m'ont mise là en promettant d'appeler mon docteur et Joe, mais c'était un mensonge et ils ont fermé à clef la porte de la salle de bains, alors j'ai brisé la vitre. Mais en dehors de ça, je n'ai rien fait d'anti-coopératif.

28
L'épuisement

Elle regardait par la fenêtre.

La neige avait tout recouvert, la pelouse, les buissons miteux. C'était étrange... Tout semblait plongé dans une drôle de lumière verdâtre. L'étrange lueur glauque d'un jour de février à New York.

Seuls les arbres lui donnaient un peu d'espoir. Leurs branches étaient nues et désolées, mais c'était dans cet état morne que tenait, après tout, la promesse du printemps. L'espoir encore possible.

Ce qu'elle ressentait à cet instant, en observant les arbres, tout le monde le savait, tout le monde pouvait le voir. Dans un des plans des *Misfits*, c'était tellement clair combien un arbre pouvait être nu et étrange et intense pour elle. Mais peut-être ne sentait-on rien à l'écran. Oui... Sans doute pas. Ils avaient si mal choisi les plans. Ceux qu'ils avaient gardés, elle ne les aimait pas.

Tiens, c'était sa quatrième larme. Elle ne savait pas trop pourquoi elle pleurait, mais elle pleurait.

Cette nuit, elle n'avait pas dormi.

Elle se demandait à quoi servait la nuit. Cette notion existait si peu pour elle ! Pour elle, du matin au matin, c'était toujours la même longue, interminable et horrible journée.

Et puis comment aurait-elle pu s'endormir ?

Grognements

Pleurs

Gémissements

Râles

Cris

Sanglots

Plaintes

Toute la nuit.

Cette neige aux airs de mauvaise vapeur verte, ce ciel bas… la photo n'était pas belle. Comme sortie d'un bain de tirage périmé. Elle ne voulait pas être sur cette photo.

Ils l'avaient attachée à son lit avec des sangles qui sentaient la sueur et la crasse et l'avaient bourrée de sédatifs. Ils croyaient sans doute que cela suffirait à l'assommer Mais son corps en avait vu d'autres. Les sombres idiots ! Seule la mort pouvait la mettre K.O. désormais. Puis ils avaient défilé devant son lit. Les docteurs, les infirmières. Toute la nuit, ils étaient venus au spectacle. Les mêmes fils de pute qui iraient se répandre un jour dans les journaux pour dire à quel point ils avaient eu à cœur de lui faire du bien, de la soulager, de la consoler. À quel point elle les avait émus. À quel point ils l'aimaient.

Ils mentaient sans arrêt.

Elle avait vu leurs sales yeux qui voulaient vérifier si elle avait vieilli, à quel point elle avait perdu sa beauté. Leurs sales yeux qui la scrutaient comme si elle était une bête curieuse. Elle ne pouvait pas bouger les bras, elle ne pouvait pas se défendre. Ils l'avaient prise avec leurs yeux, des yeux gras saturés de désir huileux, dans l'horrible chemise de nuit de la clinique.

Personne ne semblait s'intéresser à savoir ce qu'elle avait.

Elle n'aimait pas le décor où on l'avait enfermée. Le bâtiment de ciment gris au milieu d'un parc sans charme et cette cellule capitonnée avec des barreaux aux fenêtres et des cadenas sur tout ce qui pouvait s'ouvrir. Au fond, à gauche, une petite annexe dont la porte vitrée était fermée à double tour et où un petit panneau indiquait en lettres noires : S-d-B.

Il fallait une clef pour tout, lampes électriques, tiroirs, toilettes, placards, fenêtres. Il fallait une clef pour tout. Une clef… Les salauds !

Les murs la dégoûtaient. Les patients précédents y avaient laissé du sang et des graffitis. De la colère et du désespoir. Ces murs lui faisaient peur. Ils suintaient la folie et la mort. Mais elle n'était pas folle et son cœur battait encore.

Elle savait que son visage, à cet instant, n'était pas le visage que le monde connaissait. Celui-là n'était pas passé sous les mains expertes des quatre maquilleurs nécessaires pour créer celle qu'on appelait Marilyn Monroe. Quant à son corps, elle avait maigri, c'est vrai, mais c'était encore le corps qu'ils rêvaient de pénétrer, de prendre. Le corps dont ils voulaient jouir et qu'elle leur donnait bien volontiers. Parce qu'elle aimait ça.

Elle enleva sa chemise de nuit. Elle avait envie d'être nue. C'était bon d'être nue.

Les dingues qui se traînaient dans la neige du parc levaient parfois les yeux vers les fenêtres. Elle le savait. Elle était nue devant la fenêtre et elle se caressait les seins. Ils étaient beaux ses seins. Ils étaient toujours beaux.

Ils n'allaient pas comprendre. Ils se feraient vite un avis. Défavorable. Elle aggravait son cas. Mais elle n'était pas folle. C'est pour ça qu'elle ne voulait pas rester ici.

Elle avait crié hier quand elle avait compris où elle se trouvait. Quand elle avait compris qu'ils lui avaient menti. « Pourquoi n'êtes-vous pas heureuse ici ? », lui avaient-ils demandé. Ils parlaient sans penser. Elle, elle avait répondu : « Je serais vraiment dingue si je me plaisais ici » et sa réponse ne leur avait pas plu. Elle les avait vus froncer légèrement les sourcils.

Les femmes hurlaient souvent ici. Elle supposait qu'elles le faisaient quand la vie leur devenait insupportable. On aurait dit qu'il n'y avait jamais aucun psychiatre disponible pour aller leur parler dans ces moments-là. Alors les hurlements duraient. Ils auraient pu en apprendre des choses, les médecins, s'ils s'étaient mis face à la souffrance réelle. S'ils l'avaient regardée et écoutée vraiment. S'ils l'avaient observée. Mais ils ne voyaient jamais que ce qui était écrit dans leurs manuels et qui leur avait coûté si cher à apprendre. Au final, une seule chose comptait pour eux, que le patient plie.

Inhumanité
Discipline
Ce lieu était d'un archaïsme achevé.

Oh…

Les hommes allaient dans l'espace et bientôt se poserait sur la lune, disait-on, mais ils ne semblaient guère intéressés par le cœur humain. La drôle d'époque. Les choses auraient pu être différentes. Elles ne le seraient pas, pourtant. Non. C'était cela le sujet des *Misfits* à l'origine. Mais personne ne l'avait compris. Parce qu'ils avaient tout salopé à tripatouiller le scénario. Puis la mise en scène avait fini de tout tordre dans le mauvais sens.

Pourquoi n'êtes-vous pas heureuse ici ?
Stupide.

Elle entendit des pas dans le couloir. C'était peut-être eux qui arrivaient. Ça allait être sa fête.

Elle ne serait jamais heureuse, elle le savait, mais elle pouvait être gaie. Elia Kazan disait qu'elle était la fille la plus gaie qu'il ait jamais connue, et il en avait connu beaucoup. Il l'avait baisée bien sûr, autant qu'il avait pu, mais il l'avait aimée aussi. Elle se souvenait qu'une nuit qu'elle était très angoissée, il l'avait bercée. Longtemps. Il l'aimait, donc.

Ils voulaient qu'elle se mêle aux autres patients, qu'elle participe aux ateliers. « Pour faire quoi ? », avait-elle demandé. « Eh bien, vous pourriez faire de la couture, jouer aux échecs, aux cartes, tricoter aussi… » « Quand vous me verrez faire ça, les poules auront des dents ! » Mauvaise réponse lui indiqua, sans doute possible, la crispation de leurs visages. Alors, ils lui avaient demandé assez sèchement pourquoi elle pensait qu'elle était « différente » des autres patients. Entendant cela, elle avait décidé que s'ils étaient à ce point stupides, elle devait leur fournir une réponse très simple.

Pourquoi vous pensez-vous différente des autres patientes ?
Parce que je le suis.

Ils ne l'avaient pas écoutée.
Ils ne voulaient pas entendre la vérité.
C'était parce qu'ils mentaient tout le temps.

Ils en mettaient un temps à arriver... Elle avait froid. Et toujours ces satanés bouts de seins qui refusaient obstinément de pointer. Un sex-symbol, ça devait avoir les seins qui pointent. Alors, elle avait toujours triché. En faisant coudre des petits boutons dans ses vêtements. Cela marchait bien.

Elle allait de nouveau enfiler cette atroce chemise de nuit.

Ils lui avaient menti, mais elle avait vite compris.

Quand l'infirmière était venue, hier, après le passage du médecin, elle avait soudain remarqué qu'il n'y avait rien pour l'appeler dans la chambre où on l'avait placée. Pas de petite loupiote, pas de sonnette. Elle avait demandé pourquoi à l'infirmière et l'infirmière lui avait expliqué que c'était comme ça dans le pavillon de psychiatrie.

Je n'ai rien à faire ici, je ne suis pas folle.

Ensuite, l'infirmière lui avait demandé de se déshabiller pour pouvoir l'examiner. Elle avait eu beau dire que cela avait déjà été fait par un médecin, l'autre avait insisté. L'infirmière avait ausculté son cœur, regardé au fond de ses yeux, puis avait posé les mains sur ses seins. Elle avait reculé. « Pour rechercher d'éventuelles grosseurs », s'était justifiée la blouse blanche. Et la blouse blanche les avait palpés. Elle n'avait pas aimé ses mains ni ses yeux qui regardaient ses mains. Mais elle n'avait plus rien dit. Elle s'était laissé faire. Si on lui posait des questions, elle ferait comme eux, elle aussi elle mentirait. Au docteur Greenson, elle dirait qu'elle avait refusé cet examen, sinon il allait penser n'importe quoi.

L'infirmière était partie en la laissant nue sur le lit. Sa taille épaisse était cisaillée par la ceinture trop serrée de sa blouse. Elle avait remarqué aussi que ses mollets étaient gras et vibraient à chacun de ses pas comme de la gelée aux fruits.

Elle avait envie de faire l'amour.

Après cela, elle s'était habillée puis rendue dans le hall se « mêler » aux autres patientes.

Une fille qui lui avait immédiatement semblé pathétique et totalement perdue s'était approchée d'elle et lui avait demandé pourquoi elle avait l'air si triste. Elle lui avait souri sans lui répondre. « C'est quoi votre nom ? Moi, c'est Gladys... Gladys Fischer. » Elle avait failli s'écrouler. Le prénom maudit de la mère. Mais elle était une bonne actrice, elle travaillait dur pour cela, alors elle avait continué à sourire en lui donnant le sien, celui sous lequel elle s'était fait enregistrer en arrivant. « Faye, Faye Miller. » « Les fées ne sont pas tristes, Faye Miller... Vous devriez appeler un ami, cela vous réconfortera, vous vous sentirez moins seule. »

Elle lui avait répondu qu'on lui avait dit qu'il n'y avait pas le téléphone à leur étage. Gladys Fischer eut soudain l'air exagérément bouleversé. « Mais... On vous a menti ! ». C'était à son tour d'être secouée. « Ne vous en faites pas, je vais vous conduire jusqu'à la cabine ».

Il y avait la queue. Elle attendit son tour. Dans la pièce, elle remarqua un surveillant. La fille pathétique et perdue lui faisait la conversation. « Vous savez, je suis ici à cause de mon état mental. Je me suis tranché la gorge et les poignets plusieurs fois, quatre fois pour être précise. » D'un geste si familier qu'elle avait dû l'exécuter des milliers de fois, elle dégagea son col puis remonta sa manche pour exhiber les preuves de sa folie. C'était rapide et précis. Anodin. Elle n'avait pas aimé voir ça. Heureusement, c'était son tour. Comme elle n'avait pas d'argent, la fille pathétique lui donna une pièce de vingt-cinq cents avec un gentil sourire. Et c'était gentil, vraiment. Elle décrocha le combiné. Comme elle s'apprêtait à glisser l'argent dans l'appareil, le surveillant qu'elle avait repéré en arrivant se jeta littéralement sur elle et lui arracha le téléphone des mains. Sa voix s'abattit sur elle avec une sévérité effrayante : « Vous n'avez pas le droit de téléphoner. »

Gladys Fischer était devenue toute pâle. Elle avait commencé à hoqueter comme si elle manquait d'air. Puis une plainte de petit animal était sortie de sa bouche. Cette fille la dégoûtait. Alors elle s'était dirigée rapidement vers la sortie. Mais la fille l'avait suivie, toujours aussi pâle, avec son hoquet exaspérant de petit chiot. Elle n'avait pas besoin de ça. Elle était terrifiée. « Oh, je suis désolée... Je ne pouvais pas imaginer... » Elle non plus. Alors, dans sa peur, dans son immense peur, elle avait senti monter une colère terrible. Elle abandonna l'égorgée chronique au milieu des autres tarés et elle rentra dans sa chambre en répétant sans arrêt : « Ils m'ont menti. »

Elle s'assit sur son lit en se demandant ce qu'elle aurait fait si un metteur en scène lui avait demandé d'improviser une scène à partir de cette situation.

Ce n'était pas venu tout de suite. Puis soudain, elle eut une idée. Une idée qui lui était venue à cause d'un film qu'elle avait fait autrefois, *Don't Bother to Knock*. Elle saisit une chaise et frappa contre la porte vitrée de la salle d'eau. C'était plus difficile en vrai qu'au cinéma. La vitre ne s'était pas brisée comme elle s'y attendait. Alors elle avait frappé encore et encore et encore. Elle avait frappé des tas de fois. Mais elle n'était arrivée qu'à briser un tout petit bout de vitre. Elle l'avait détaché en faisant attention à ne pas se couper puis elle était tranquillement retournée s'asseoir avec son bout de verre caché dans la main.

Elle avait fait beaucoup de bruit, alors ils avaient vite rappliqué.

Plusieurs médecins et infirmières pénétrèrent dans sa chambre. Elle ne leur laissa pas le temps d'ouvrir la bouche. Elle leur dit : « Si vous voulez me traiter comme une dingue, alors je vais me conduire comme une dingue. »

Ce qu'elle fit ensuite, elle voulait bien reconnaître que c'était bateau, mais c'était à cause du film. Elle l'avait fait dans le film. Sauf que dans le film, c'était avec une lame de rasoir.

Elle ouvrit sa main et prit le morceau de verre bien fermement entre ses doigts. Puis elle leur dit que s'ils ne la laissaient pas sortir, elle allait se faire du mal. C'était pour jouer, enfin, pour qu'ils y croient, mais pour jouer, parce qu'il n'y avait pas plus éloigné de son état d'esprit à ce moment-là que ce genre de geste. S'ils avaient réfléchi et considéré qui elle était, ils auraient su. Elle était une actrice. Son corps, c'était son outil de travail. Elle ne se serait jamais intentionnellement fait une marque ou quoi que ce soit qui aurait pu lui laisser une cicatrice. Elle était futile et vaniteuse comme ça. Quand elle avait tenté d'en finir avec Marilyn, elle avait toujours fait bien attention. Elle avait pris des cachets. Dix Seconal puis dix Tuonal, avalés avec du bon champagne, avalés avec soulagement parce que c'était comme ça qu'elle se sentait à l'époque. Bien sûr, il y avait deux semaines, elle se tenait sur le rebord de la fenêtre de sa chambre et elle était triste et seule. Elle ne savait pas vraiment ce qu'elle faisait là. Elle était sur le rebord de la fenêtre. Regardait la rue, seize étages plus bas. Puis avait aperçu, juste sous elle, une femme en manteau marron et s'était rendu compte qu'elle la connaissait. Alors, elle avait enjambé la fenêtre dans l'autre sens, l'avait refermée tout doucement, comme si elle avait peur que le bruit ne dérange la rue, puis s'était jetée sur son lit en pleurant.

Ils lui avaient demandé de leur donner l'éclat de verre. Ce qu'elle avait fait. Pour montrer sa bonne volonté. Et parce qu'elle n'était pas folle. Puis ils avaient voulu qu'elle les suive dieu sait où. Elle avait dit non. Ils avaient demandé à nouveau. Elle avait redit non. Puis une dernière fois. Mais elle avait encore refusé de bouger.

Alors ils l'avaient levée de force. À quatre. Quatre brutes, deux hommes et deux femmes. Et comme ça, ils l'avaient emportée jusqu'à l'ascenseur pour la conduire à l'étage supérieur, là où elle était aujourd'hui.

Elle devait reconnaître, parce qu'elle n'était pas une ingrate, qu'ils avaient eu la décence de la trimballer le visage tourné vers le sol. Au moins, c'était plus discret. Elle avait sangloté en silence jusqu'à l'ascenseur. Ses larmes traçant un drôle de pointillé par terre. Mais ils ne l'avaient pas remarqué.

Arrivée dans sa nouvelle prison, une des deux infirmières lui avait ordonné de prendre un bain. Elle avait dit qu'elle en avait déjà pris un aujourd'hui. Alors l'autre lui avait balancé d'un ton neutre : « Dès qu'on change d'étage, on doit prendre un bain. C'est la consigne. » Elle avait encore dû se déshabiller devant eux. Les femmes l'avaient regardée se laver. Puis, cela fait, ils étaient tous partis et l'avaient laissée seule.

Peu de temps après, un jeune docteur était arrivé. Il lui avait demandé pourquoi ses mains étaient pleines de plaies et de bleus. Elle lui dit qu'elle avait cogné fort et longtemps contre la porte métallique de sa première cellule parce qu'on refusait de la laisser sortir. Il corrigea et dit « votre première chambre ». Puis il ajouta que la clinique avait à cœur que les patients se sentent comme à la maison. Elle lui avait dit qu'il ne suffisait pas de mettre un bout de moquette et trois meubles à la mode pour créer un semblant de chaleur humaine. Qu'une maison, un véritable foyer, c'était autre chose.

Il ne lui avait pas répondu. Il avait regardé des papiers qu'il portait avec lui, puis il lui avait dit avec l'air de celui qui sait : « Vous êtes une jeune femme très, très malade… et cela depuis de nombreuses années. »

Heureusement qu'il ne savait pas pour les voix.

Mais elle n'était pas folle.

Puis il lui avait demandé, avec un air étonné, comment elle était capable de faire son travail quand elle était dans cet état. Il avait répété deux fois et la deuxième fois, ce n'était plus une question mais une affirmation. Alors, elle avait répondu (et elle était vraiment en colère) : « Vous ne croyez pas que Greta Garbo, Charlie Chaplin ou Ingrid Bergman sont déprimés parfois ? C'est comme si vous disiez que DiMaggio ne peut pas lancer la balle quand il a un coup de blues… C'est complètement idiot. » Il avait noté quelque chose. Cela l'avait agacée. « Vous prenez des notes ? Complè-te-ment i-di-ot… Vous avez besoin que je vous épelle peut-être ? »

Il l'avait toisée en se pinçant imperceptiblement les lèvres, mais elle avait bien vu qu'il n'était pas tranquille. Ensuite, il avait fait quelques pas autour de la chambre comme pour vérifier qu'elle était bien installée. Elle l'aurait giflé.

Puis il s'était planté devant elle, l'obligeant à lever la tête pour le regarder. Cela lui faisait mal au cou. Il l'avait regardée fixement et il lui avait dit : « Pourquoi êtes-vous si malheureuse ? »

Pourquoi êtes-vous si malheureuse ?

Elle avait ri.

Puis elle n'avait plus ri du tout. « Sérieusement, docteur, vous me demandez pourquoi je suis si malheureuse ? »

Oui, c'est bien ce que je vous demande.

Alors elle s'était levée. Elle était aussi grande que lui. Elle avait fait un pas en avant. Sa bouche était presque collée contre celle du docteur. Elle sentait l'odeur de son souffle. Il sentait bon l'homme. Un instant, elle eut envie qu'il la touche, qu'il la jette sur le lit. Il n'avait pas reculé tout de suite. Mais, après un instant, il se résolut à faire un pas en arrière. Alors, en le regardant bien droit dans les yeux et avec une voix sincèrement très sérieuse, elle lui dit : « J'ai payé les meilleurs médecins une fortune pour qu'ils me donnent la réponse à cette question, et vous me la posez ? À moi ? »

À moi ?

Il n'avait rien répondu et il était sorti. Elle s'était rassise sur le lit en se tournant vers la fenêtre dont les barreaux découpaient en bandes monotones le décor lugubre du parc.

Joe...

Il fallait qu'elle appelle Joe. Joe allait la sortir de là. Joe disait qu'elle lui avait sauvé la vie en l'envoyant chez le psychothérapeute. Après leur divorce, il était complètement à côté de ses pompes, c'est lui qui le lui avait avoué. Il lui avait avoué aussi qu'à sa place, il aurait fait la même chose, il aurait divorcé. Elle n'avait que lui dans ce monde. Il l'avait couverte de fleurs à Noël. Puis le soir, il était passé la voir. Et cela l'avait rendue heureuse même si elle se sentait vaseuse et déprimée et que la veille, elle avait pris froid en se mettant debout sur le rebord de la fenêtre. Mais Joe n'avait pas besoin de savoir ça.

Elle n'allait pas se raconter d'histoires. Elle méritait de mourir. Elle n'avait rien fait de sa vie. Ou bien quoi ? Elle s'était montrée, exposée, donnée. Vendue. Une fille qui faisait ça ne valait guère plus qu'une pute, non ? Elle était une pute et une tricheuse. Faux nom, fausse blonde, fausse bonne mine. Faux plaisir. Pour satisfaire le client. Celle qui tortillait du cul pour appâter le chaland était coquine et gaie. L'autre qui vivait en elle, c'était autre chose. L'autre, l'invisible, ce qu'elle avait en elle, c'était une tristesse profonde et jamais d'orgasme. Mais de la déception. Immense, énorme. C'était de la faute des adultes. Les adultes l'avaient déçue quand elle était enfant. Elle pensait qu'il n'y avait rien de pire. Elle pensait que cela l'avait façonnée profondément et pour toujours. Que c'était pour ça qu'elle attendait toujours le moment où elle serait déçue plutôt que d'être heureuse. Que c'était devenu par force la forme de sa destinée. C'était parce qu'elle savait cela qu'elle était venue ici. Et c'était parce qu'elle était venue de son plein gré qu'elle n'était pas dingue. Alors, on n'avait pas le droit de la mettre dans le pavillon de psychiatrie, chez les vrais fous. Elle venait se remettre sur pied. Elle avait besoin de repos. Tortiller du cul fatiguait. La déception épuisait. Mais elle n'était pas comme eux. NON. Elle avait juste besoin de repos.

Ils ne savaient pas.

C'était son cœur qui était lourd.

Elle n'avait plus aucune nouvelle de lui. Mais cela lui était égal. Elle avait des souvenirs si forts, si tendres, si merveilleux. Elle était amoureuse. Elle ne voulait pas cesser de l'être.
Quand la neige aurait fondu, peut-être.

Elle était fatiguée. Si fatiguée.

Quand la neige aurait fondu…
Lui… Lui et elle.

Si seulement elle avait ses cachets.
Il devait y avoir un moyen de se procurer des cachets.

Quand la neige aurait fondu, dans un nouveau printemps, lui et elle, ensemble.
Pour toujours. Comme avant.

TÉLÉGRAMME 27 février.

Marilyn Monroe
Clinique de l'Institut neurologique
Presbyterian Hospital
168ᵉ rue & Broadway
New York City, N.Y.

Chère Marilyn,

Les meilleures réévaluations naissent des crises les plus graves. Cela nous est arrivé à tous à des degrés divers. Réjouis-toi de cela et n'aie pas peur d'avoir peur. Cela ne peut que t'aider. Détends-toi et profites-en. Je t'envoie mes pensées et ma plus chaleureuse affection.

Marlon

29
L'affliction

On l'emmerda. La presse, la radio, certains « amis ». Mais il n'avait rien à dire. Non. Rien. Simone s'était chargée de l'hommage. Pour lui c'était une toute autre histoire.

Elle…

Elle et ses beaux bras doux. Elle et sa charmante petite voix. Elle et sa mèche de cheveux blonds, sa petite mèche rebelle qui lui retombait toujours sur le front. Elle, son corps, son mouvement, son odeur… Non, rien à dire. C'était joli. C'était si joli.

Ce jour-là, il s'était enfermé dans sa chambre. En tête à tête avec ses souvenirs. Répétant un scénario qui n'avait jamais été produit, jamais été tourné. Celui de la vie avec elle. Du mariage avec elle. Des si et des conditionnels qui déroulaient une histoire qu'il avait désirée. Même si la vie avait finalement pris un chemin différent.

Elle…

Elle voulait vivre avec lui, elle voulait être sa femme. Elle était amoureuse. Oui, elle l'était.

Lui…

Il l'était aussi. D'une certaine façon, il avait fini par être flemmard dans cette histoire. Pas responsable, mais flemmard. Peu de goût pour les emmerdes et les complications. Et Simone avait su aspirer l'espace du doute, colmater les interstices, bâtir un mur devant la possibilité d'un nouvel horizon. Par amour. Par désespoir.

Elle et lui…

Marilyn était morte le samedi 4 août et ce serait bientôt la fin de l'été.

Depuis le jour de sa disparition, il achetait les journaux et les lisait avec le cœur triste.

Ici, on s'interrogeait sur les circonstances de sa mort, là on décrivait en détail la cérémonie de ses funérailles — Joe DiMaggio qui avait refusé la présence des « amis » hollywoodiens, la *Sixième Symphonie* de Tchaïkovski puis la chanson du *Magicien d'Oz, Over the Rainbow*, l'éloge funèbre de Lee Strasberg…

Il avait sous les yeux un article qui disait qu'on avait habillé sa dépouille d'une robe Pucci vert pâle et déposé dans ses mains un petit bouquet de roses thé.

La robe qu'elle portait le soir où ils avaient pris la voiture et roulé au-delà de la pointe Mugu, jusqu'au lever du soleil…

Sur une des photos qui illustraient l'article, il aperçut la vieille dame qui venait à l'hôtel tous les samedis matins. Il ne se souvenait plus de son nom. Mais il se rappelait la joie presque enfantine de Simone et de Marilyn quand elle arrivait.

Il regarda la légende. Pearl Porterfield. Mais oui, bien sûr, Pearl Porterfield ! Et soudain, ce fut à elle qu'il pensa, à la vieille coiffeuse de la Metro-Goldwin-Mayer. Qui avait perdu les deux plus importantes personnes de sa vie. Ces deux soleils de l'écran dont la blondeur légendaire était toute sa vie.

C'était une autre histoire vue d'ici, vue de Pearl. Mais, pour tous ceux qui l'avaient connue et sincèrement aimée, c'était la même peine infinie.

Beaucoup de ses amis, et le public aussi, sans doute, l'avaient imaginé avant tout flatté par son histoire avec la star. Comme s'il ne se fût agi que de ramener un trophée à la maison. Il avait été flatté, sans doute. C'était dans sa nature. Mais plus que cela, infiniment plus, il avait été touché. Touché parce que c'était beau et touché parce que c'était impossible. Oh, bien sûr, si Simone avait claqué la porte... Mais elle ne l'avait pas fait.

Il comprenait mieux désormais. Ce qu'il avait vu à l'aéroport d'Idlewild, à l'arrière de la Cadillac, ce joli sourire posé comme un ruban sur un cœur désespéré. C'était cela qui brûlait les yeux et qui la rendait inoubliable.

Marilyn n'était pas assez cynique pour survivre. Elle était là, sans défense, à réclamer qu'on l'aime et, au lieu de ça, on faisait semblant de l'écouter pour mieux lui arracher ses vêtements. C'était absolument déchirant.

Son cœur était plus beau mais moins fort que le sien.

1960 avait été l'année des merveilles et du drame.

L'azur du ciel californien, les roses et les verts du Beverly Hills Hotel, le bleu de ce pull qui lui couvrait à peine les fesses quand elle chantait *My Heart Belongs to Daddy* (son cœur, il lui avait appartenu, c'était joli, c'était si joli), le jus d'orange dans les grands verres du petit déjeuner, la boule de son peignoir pervenche à pois blancs au pied du lit, le bleu parfait de la piscine de l'hôtel, celui, si limpide, de ses yeux… Oui, là, à l'abri de cette chambre dont il avait fermé la porte à clef, dans la tristesse profonde de cet instant, les couleurs de ses souvenirs étaient plus vives encore. Aveuglantes.

La mort ne mettait pas fin. C'était maintenant qu'il savait.

Table des matières

9753

Composition
PCA à Rezé

Achevé d'imprimer en Espagne
par BLACK PRINT CPI
le 3 octobre 2011.
Dépôt légal octobre 2011.
EAN 9782290036143

ÉDITIONS J'AI LU
87, quai Panhard-et-Levassor, 75013 Paris

Diffusion France et étranger : Flammarion